D1994298

Alfred Bekker
wurde 1964 in Borghorst geboren. Seit er das Alphabet beherrscht, ist er vom Geschichtenschreiben besessen. Den ersten Roman, der auch veröffentlicht wurde, verfasste er mit 14 Jahren. Es folgten zahlreiche Romane, Erzählungen und Kurzgeschichten, die unter seinem bürgerlichen Namen sowie unter mehreren Pseudonymen erschienen. Dieser im Mittelalter spielende Krimi ist sein erstes Kinderbuch.

Tatort Mittelalter

Alfred Bekker

Verschwörung gegen Baron Wildenstein

UEBERREUTER

ISBN 3-8000-5121-4
Alle Urheberrechte, insbesondere das Recht der Vervielfältigung, Verbreitung und öffentlichen Wiedergabe in jeder Form, einschließlich einer Verwertung in elektronischen Medien, der reprografischen Vervielfältigung, einer digitalen Verbreitung und der Aufnahme in Datenbanken, ausdrücklich vorbehalten.
Umschlagillustration von Kathrin Treuber
Umschlaggestaltung von Werkstatt · München / Weiss · Zembsch
Copyright © 2005 by Verlag Carl Ueberreuter, Wien
Druck: Ueberreuter Print
3 5 7 6 4 2

Ueberreuter im Internet: www.ueberreuter.at

Ein Fauststoß traf Wolfram mitten auf der Brust. Er taumelte zurück, konnte das Gleichgewicht nicht mehr halten und fiel in das hohe Gras.

»Das war gemein!«, rief Wolfram. »Hundsgemein!«

»Wie alt willst du sein? Zehn Jahre?«, höhnte eine raue Stimme, die daraufhin in Gelächter ausbrach.

»Es war unfair, Ansgar!«, rief Wolfram wutentbrannt. Er rappelte sich auf und stand im nächsten Moment wieder auf den Beinen. Das Gras strich er sich von seinem groben Wams. Sein Kopf war hochrot. Er ballte erneut die Fäuste.

»Es war keineswegs unfair«, sagte Ansgar. Er hob das Kinn dabei. »Du hast einfach nicht aufgepasst! So war es!«

»Lügner!«

»Willst du jetzt, dass ich dir beibringe, wie man mit Fäusten kämpft – oder willst du es nicht?«

Wolfram atmete tief durch. »Natürlich will ich es!«

»Dann musst du dir so etwas schon mal gefallen lassen!«

Wolfram schimpfte leise vor sich hin. Er war der jüngste Sohn des Barons Ludwig von Hauenfels. Im Alter von sieben Jahren war Wolfram von seinen Eltern fortgegeben worden. Jetzt war er zehn. Er sollte bei dem befreundeten

Burgherrn Baron Norbert von Wildenstein ausgebildet werden. Eines Tages würde er den Ritterschlag erhalten, aber bis dahin lag noch ein langer Weg vor ihm. Zunächst hatte er seinem Burgherrn als Page zu dienen. Als solcher lernte er, wie man sich an einem Hof »höflich« verhielt. Er musste seinen Herrn bedienen und für ihn als Laufbursche arbeiten. In dieser Zeit lernte ein Page unter anderem reiten, schwimmen und den Kampf mit Fäusten.

Der 14-jährige Ansgar war schon einen Schritt weiter. Er war nun Knappe. Das bedeutete, dass seine eigentliche Ausbildung als Ritter begann. Ein Knappe lernte mit Schwert und Bogen zu kämpfen. Außerdem musste er sich um Pferd und Ausrüstung des Ritters kümmern, dem er zugeteilt war. Wenn es zur Schlacht kam, so ritt er an dessen Seite.

»Ein paar Tage erst bist du nicht mehr Page und schon bildest du dir etwas darauf ein!«, rief Wolfram ärgerlich.

Seit Wolfram als Siebenjähriger nach Burg Wildenstein gekommen war, waren die beiden Jungen befreundet. Ansgar hatte Wolfram vieles gezeigt. Schließlich war er in der Pagenausbildung schon weiter fortgeschritten gewesen. Aber seitdem Ansgar ein Knappe war, glaubte er wohl, etwas Besseres zu sein.

Jedenfalls spürte Wolfram sehr deutlich, dass sich etwas zwischen ihnen verändert hatte. Und das gefiel ihm ganz und gar nicht.

Ansgars Haltung entspannte sich etwas. Er stemmte die Hände in die Hüften. »Du musst schon zugeben, dass zwischen einem Pagen und einem Knappen ein gewisser Unterschied besteht, und solltest froh sein, dass ich mich überhaupt noch mit dir abgebe!«

»Ach!«

»Zum Beispiel kämpfe ich mit richtigen Waffen – und nicht mit Spielzeugschwertern! Und dass ich mich noch beim Faustkampf mit dir im Dreck suhle, tue ich nur, weil wir Freunde sind!«

»Kein zukünftiger Ritter sollte seine Freunde mit Hochmut behandeln!«, belehrte ihn Wolfram.

Diese Erwiderung trieb nun Ansgar die Zornesröte ins Gesicht. »Du kleiner Page willst mir sagen, was ein Ritter zu tun hat und was nicht?«, rief er empört.

»Sei ehrlich! Ein richtiges Schwert hast du bis jetzt noch nicht einmal halten, geschweige denn damit kämpfen dürfen!«, hielt ihm Wolfram entgegen, der sehr genau merkte, dass er damit den wunden Punkt seines Gegenübers getroffen hatte.

»Na warte!«, knurrte Ansgar.

Wolfram wollte schon vor dem viel größeren und stärkeren Ansgar davonrennen, aber in diesem Moment lenkte beide Jungen der herannahende Hufschlag eines galoppierenden Pferdes ab.

Ein Reiter kam in wildem Ritt herangeprescht.

Kurz bevor er Ansgar und Wolfram erreichte, zügelte er sein Pferd. Es stieg dabei wiehernd auf die Hinterbeine. Aber der Reiter war geschickt und hatte es sofort wieder unter Kontrolle.

Im Sattel saß Herward, einer der älteren Knappen, die auf Burg Wildenstein ihren Dienst taten. Nicht mehr lange und man würde ihn gewiss zum Ritter schlagen. Schon mehrfach hatte er seinen Herrn, den Ritter Dietrich von Marksgrund, in die Schlacht begleitet und an seiner Seite gekämpft. Die jüngeren Knappen und Pagen hatten mit glühenden Ohren seinen Erzählungen gelauscht. Wolfram hegte allerdings den Verdacht, dass nicht alles davon der reinen Wahrheit entsprach.

Herward hatte helles Haar und ein vorspringendes Kinn.

Er deutete zu den Anhöhen, die ganz in der Nähe lagen. Auf der höchsten von ihnen ragten die grauen Mauern der Burg Wildenstein empor, dem Herrensitz von Baron Norbert. »Euer Burgherr wünscht, dass sich alle im großen Saal einfinden!«

»Und da schickt er extra dich, um einen Pagen und einen Knappen in die Burg zu beordern?«, fragte Wolfram.

»Werd nicht frech, Kleiner«, sagte Herward im Scherz. Er lachte und schüttelte den Kopf. »Nein, ich bin nicht euretwegen hier, sondern weil ich eine Botschaft zum Kloster St. Ingbert zu bringen habe. Aber ihr beide macht euch besser auf den Weg zur Burg, wenn ihr nicht den Zorn Baron Norberts heraufbeschwören wollt!« Damit riss Herward sein Pferd herum und drückte ihm die Fersen in die Seiten. Sporen besaß Herward noch nicht. Die bekam er – zusammen mit einem eigenen Schwert – erst, wenn er sie sich verdient hatte und zum Ritter geschlagen wurde.

Herward preschte mit seinem Pferd davon.

»Angeber!«, knurrte Ansgar. »Tut so, als wäre es sein Pferd – dabei ist es nur das Lasttier seines Ritters!« Ansgar musterte Wolfram einige Augenblicke lang. Dann streckte er dem Kleineren die Hand entgegen. »Vergessen wir unseren Streit!«, meinte der Knappe.

Wolfram ergriff die Hand. »Aber du zeigst mir bei Gelegenheit noch deine Täuschungslist beim Faustkampf!«

»Ehrensache, Wolfram!«

»Gut!«

Sie blickten in Richtung der Burg.

Etwa eine halbe Stunde brauchte man zu Fuß bis dorthin.

»Besser, wir machen uns auf den Weg«, sagte Wolfram.

Baron Norbert von Wildenstein war ein großer, breitschultriger Mann. Er trug ein edles Wams, darüber ein Gewand, auf das seine Frau Margarete, die Burgherrin, das Familienwappen aufgestickt hatte: eine blaue Falkenklaue auf rotem Grund. Darunter eine keilförmige Linie, die für den Wildenstein stand – jene Anhöhe, auf der die Burg errichtet war.

An der Seite trug Baron Norbert sein Schwert. Die Linke hatte er um den Griff gelegt. Etwas ungeduldig setzte er sich neben seine holde Frau Margarete.

Er hatte das Burgpersonal zusammenrufen lassen, um ihnen eine wichtige Mitteilung zu machen, aber es dauerte eine Weile, bis alle Ritter und Knappen, alle Pagen und Pferdeknechte anwesend waren.

Wolfram stellte sich zu den anderen Pagen, während Ansgar sich zu den Knappen und Rittern gesellte. Außerdem wurden auch alle Wachtmeister und Burgmannen zusammengerufen. Das waren einfache Krieger, die im Gegensatz zu den Rittern keine Adeligen waren. Ein Page wie Wolfram musste zwar seinen Burgherren und dessen Frau oder einen Ritter bedienen, aber er stand im gesellschaftlichen Rang über jedem Wachtmeister oder Burgmann. Selbst dem Schreiber, der für Baron Norbert tätig war und alles aufschrieb, was sein Herr ihm diktierte, war Wolfram bereits aufgrund seiner adeligen Herkunft übergeordnet.

Der Saal füllte sich. Gaukler und Musikanten fanden sich ein, außerdem das Küchenpersonal, das aus über zwanzig Personen bestand. Es wurde vom Küchenmeister angeführt. Der Kellermeister verwaltete die gut gefüllten Vorratskammern der Burg. Außerdem gab es noch mehrere Köche, Saaldiener und Küchenmägde sowie weitere Hilfskräfte. Darunter viele elternlose Kinder, die Baron Norbert bei sich aufgenommen hatte. Als Ritter hatte er die Verpflichtung, Witwen und Waisen zu schützen.

Unter diesen Küchenkindern war ein Mädchen mit dunkelbraunen Haaren. Es hieß Maria und trug ein fleckiges Kleid aus Leinen, das vor ihm schon ein anderes Küchenmädchen getragen hatte, das im letzten Winter an einer Lungenentzündung gestorben war.

Maria wandte den Kopf und sah plötzlich in Wolframs Richtung. Ein Lächeln glitt über ihr Gesicht.

Wolfram erwiderte dieses Lächeln.

Er war Maria immer wieder mal begegnet, seit das Mädchen in der Küche des Barons lebte, und hatte sich mit ihr unterhalten. Daher wusste er, dass ihre Eltern an den Pocken gestorben waren. Wolfram mochte sie. Ihre langen dunkelbraunen Haare gefielen ihm ebenso wie das freundliche Lächeln, das um ihre Lippen spielte. Er stellte sich auf die Zehenspitzen, um über die vor ihm stehenden Pagen hinwegblicken zu können.

Ein Raunen ging durch den Saal.

Als einer der Letzten erschien Kaplan Servatius. Er war der Pfarrer der Burgkapelle und hielt jeden Sonntag den Gottesdienst.

Nach ihm schlich sich nur noch der Abortreiniger durch einen Nebeneingang herein. Seine Aufgabe war es, die Toiletten zu säubern, die man Aborte nannte. Aber obwohl seine Arbeit für alle in der Burg wichtig war, nahm er zusammen mit den Laufburschen und Kerkermeistern den niedrigsten Rang ein und wurde am meisten verachtet.

Für den Kaplan machten alle Anwesenden Platz. Er wurde von einem Dorfgeistlichen und Almosenpfleger begleitet, der für die Versorgung der Armen zuständig war. Die Männer stellten sich vor die Pagen, sodass Wolfram der Blick sowohl auf Baron Norbert als auch auf Maria verstellt wurde.

So ein Mist!, dachte der Junge. Er drängelte sich etwas nach links durch die Menge und kam so in die Nähe der Ritter und Knappen.

Auch von hier aus hatte er keine bessere Sicht. Aber das

war nun nicht mehr zu ändern. Baron Norbert erhob sich nämlich von seinem Platz und machte eine gebieterische Geste.

Es wurde totenstill im Saal.

Man hätte in diesem Augenblick die Stecknadel einer der zahlreichen Näherinnen fallen hören können, die für die Instandhaltung der Kleider zuständig waren.

Baron Norbert ließ den Blick umherschweifen. Schließlich begann er zu sprechen.

»Ich habe alle hier zusammengerufen, weil ich euch über eine sehr wichtige Sache in Kenntnis setzen möchte!«, verkündete der Burgherr. »Wie vielleicht der eine oder andere schon gehört hat, arbeiten die Mönche des nahen Klosters St. Ingbert seit gut einem Jahr an einer Bibelabschrift, die Graf Gernot von der Tann in Auftrag gegeben hat. Nun sind die fleißigen Schreiber im Kloster früher mit ihrer Arbeit fertig geworden und daher hat Graf Gernot seinen Besuch angekündigt.«

Baron Norbert atmete schwer. Die Anspannung war ihm anzusehen. Graf Gernot war nämlich sein Lehnsherr. Er hatte Burg Wildenstein und das umliegende Land Baron Norbert geliehen. Dafür hatte Norbert dem Grafen Treue schwören müssen. Im Fall eines Krieges hatte er ihm im Kampf zu folgen. Falls der Baron seine Pflichten dem Grafen gegenüber nicht erfüllte, konnte dieser einem anderen Ritter die Herrschaft über Burg Wildenstein geben.

»Dass Graf Gernot jeden nur erdenklichen Beweis unserer Gastfreundschaft genießen soll, versteht sich von selbst!«, rief Baron Norbert. »Die besten Speisen und Getränke sollen unserem Lehnsherrn aufgetischt werden und die Gaukler und Musikanten sollen auf der Stelle damit beginnen, sich ein besonders einfallsreiches Programm auszudenken!«

Gemurmel entstand unter den Anwesenden.

Der Besuch des Lehnsherrn bedeutete für alle viel Arbeit und Ärger. Denn jeder wusste, dass Baron Norbert und seine Frau Margarete alle Vorbereitungen besonders kritisch beaufsichtigen würden.

Norbert hob erneut die Hand.

Das Gemurmel legte sich.

»Es ist außerdem geplant, anlässlich dieses hohen Besuchs ein festliches Turnier abzuhalten. Die Ritter mögen ihre Knappen dazu anhalten, die Rüstungen bis dahin auf Hochglanz zu bringen, und gut trainieren!« Norbert lächelte und fügte noch hinzu: »Schließlich würde es einen schlechten Eindruck machen, wenn sich unsere Mannen gegen die Kämpfer des Grafen blamierten!«

Hier und da wurde unter den Rittern des Barons eine Faust geballt. Die Aussicht auf ein Turnier schien sie zu erfreuen. Das bedeutete nämlich seit langer Zeit einmal wieder eine Abwechslung von dem alles in allem nicht gerade aufregenden Alltag auf Burg Wildenstein.

»Ein besonderes Wort gilt Wachtmeistern und Burgmannen«, ergriff Norbert wieder das Wort. »Während des Besuchs unseres Lehnsherrn ist besondere Wachsamkeit geboten! Ich brauche niemandem zu sagen, wie hoch der Wert dieser Bibel ist. Man kann sie in Gold nicht aufwiegen. Alle Schätze, die mein Kämmerer verwaltet, reichen nicht, um sie zu bezahlen! Es kann gut sein, dass Diebe die Gunst der Stunde zu nutzen versuchen, wenn das Buch aus den sicheren Klostermauern nach Burg Wildenstein gebracht und Graf Gernot übergeben wird! Jeder ist aufgerufen die Augen offen zu halten!«

Das Stimmengewirr übertönte für einen Moment die Worte des Barons.

»Wenn wirklich Diebe dieses Buch in ihre Gewalt brächten, würde Baron Norbert sicher nicht mehr lange Herr auf Burg Wildenstein sein!«, hörte Wolfram einen der Ritter sagen. »Er hätte dann kläglich dabei versagt, seinen Lehnsherrn zu schützen!«

Wolfram drehte sich um, weil er sehen wollte, welcher Ritter dies gesagt hatte.

Es war Ferdinand von Walden, ein breitschultriger Mann mit schwarzem Bart, der beim letzten großen Turnier als Sieger hervorgetreten war.

»Es gibt ein Gerücht«, sagte ein anderer Ritter. Er hieß Bernhard von Terne und trug das blonde Haar schulterlang.

»Wovon sprecht Ihr, Bernhard?«, hakte Ferdinand von Walden nach.

Bernhard von Terne sprach jetzt in gedämpftem Tonfall weiter – aber immer noch laut genug, dass Wolfram alles mitbekam. »Ich habe gehört, es gibt einen heißen Anwärter auf die Nachfolge von Baron Norbert!«

»Wen denn?«

»Erich von Wendlingen. Graf Gernot ist ihm mehr als einen Gefallen schuldig, weil Erich ihn bei einem Überfall von Raubrittern vor der Gefangenschaft oder Schlimmerem bewahrte. Er soll darauf brennen, endlich ein Lehen übertragen zu bekommen, aber zurzeit ist keines für ihn frei!«

Noch einmal erhob sich die Stimme des Burgherrn. Baron Norbert forderte alle auf ihr Bestes zu geben. Dann beendete er die Versammlung.

Wolfram strömte mit den meisten anderen, die an der Versammlung teilgenommen hatten, ins Freie. Vor dem Palas, wie man das Herrenhaus auch nannte, verstreuten sich die Burgleute auf dem inneren Hof, der von einer hohen Ringmauer umgeben war. Dahinter lag die Vorburg, die nochmals von einer Mauer umgeben wurde. Selbst wenn die Vorburg schon durch Angreifer erobert sein sollte, konnte man den inneren Burghof noch lange verteidigen.

Wolfram blickte sich um.

Einige der Ritter und Burgmannen standen in kleineren Gruppen zusammen und berieten lautstark über das, was Baron Norbert ihnen mitgeteilt hatte.

Die Meinungen gingen dabei weit auseinander.

Manche der Ritter glaubten, es sei vollkommen ausgeschlossen, dass sich jemand erdreisten würde das wertvolle Buch zu stehlen. Schließlich sei es doch derart einzigartig, dass man es in der näheren Umgebung niemals zum Kauf anbieten konnte! Der Baron mache sich also völlig umsonst Sorgen.

»Hier in der Gegend kann man es vielleicht nicht zum Kauf anbieten«, stimmte Ritter Ferdinand von Walden zu. »Aber wenn es einem Dieb gelänge, diese Bibelabschrift in einen weit entfernten Landstrich zu bringen, könnte das schon ganz anders aussehen.«

Wolframs Blick fiel auf das große Tor, das den inneren Burghof von der Vorburg trennte. Das Fallgatter war hochgezogen. Zwei mit Schwert und Hellebarde bewaffnete Burgmannen standen dort als Wachen. Jeder, der in den inneren Burghof gelangen wollte, wurde von ihnen in Augenschein genommen.

Ein Hund rannte zwischen ihnen hindurch. Sein Fell war ziemlich zerzaust. Eine rechte Promenadenmischung war er.

Wolfram kniete sich hin und breitete die Arme aus. Der Hund lief geradewegs auf ihn zu. »Kaspar!«, rief der Page. Der Hund erreichte ihn, wedelte dabei mit dem Schwanz und schien sich unbändig zu freuen Wolfram wieder zu sehen. »Kaspar, wo hast du nur so lange gesteckt?«

Der Hund antwortete mit einem lauten Bellen, sodass sich sogar einige der sich noch immer lautstark unterhaltenden Ritter umdrehten.

Wolfram kraulte dem Tier das Fell. Kaspar wiederum schleckte dem Pagen einmal mitten übers Gesicht, ehe der Junge den Kopf zurückziehen konnte.

»Nur schade, dass du alter Streuner nicht sprechen und mir von deinen Wanderungen berichten kannst«, bedauerte der Junge, was der Hund abermals mit einem kurzen Aufbellen bestätigte.

Kaspar gehörte zu den unzähligen streunenden Hunden, die innerhalb und außerhalb von Burg Wildenstein lebten. Wolfram hatte sich mit ihm angefreundet und ihm seinen Namen gegeben: Kaspar, nach einem der Heiligen Drei Könige aus der Weihnachtsgeschichte.

Manchmal ließ er sich tagelang nicht blicken, so wie in letzter Zeit. Aber bis jetzt war er stets irgendwann zurückgekehrt.

Wolfram erhob sich.

Kaspar hielt sich dicht neben ihm.

Einige Meter von Wolfram entfernt stand Maria und beobachtete sie.

»Hallo«, sagte Wolfram und kraulte den Hund noch einmal hinter den Ohren. »Kaspar war ein paar Tage nicht da. Ich hatte mir schon Sorgen gemacht.«

Sie lächelte. »Hört er eigentlich auf dich?«, fragte sie.

Wolfram hob die Schultern. »Ein bisschen.«

»Na ja, ein Hund ist ja kein Falke.«

Wolfram trat etwas näher auf sie zu. »Glaubst du, du könntest ein paar Küchenabfälle für Kaspar abzweigen?«, fragte er in gedämpftem Ton.

»Bist du verrückt? Was glaubst du, was der Küchenmeister mit mir macht, wenn das herauskommt!«

»Ich dachte ja nur … Kaspar sieht ziemlich verhungert aus!«

»Nach dem, was uns Baron Norbert gerade gesagt hat, wird es in den nächsten Tagen sicher besser – sowohl für

Hunde als auch für uns Küchenkinder!«, meinte Maria zuversichtlich.

Wolfram sah sie erstaunt an. Er begriff nicht, was das Mädchen damit meinte. »Wieso das?«, fragte er.

Ihre Augen blitzten. »Na, ist doch klar! Wenn Graf Gernot mit seinem Gefolge zu Besuch kommt, wird der Baron ihm nur das Beste vorsetzen wollen.«

»Ja, und?«

»Dann wird all das weggeworfen, was ansonsten für die hohen Herrschaften bestimmt gewesen wäre. Und das bekommen dann wir.« Sie beugte sich vor. »Da wird gewiss auch etwas für deinen Kaspar dabei sein.«

»Es wäre nett, wenn du an ihn denken würdest.«

»Ein Hund sollte sich selbst ernähren können, Wolfram. Das sagt jedenfalls unser Küchenmeister.«

Einige der anderen Pagen standen in der Nähe des Tores und tuschelten miteinander.

»Wolfram, kommst du mit uns?«, rief einer von ihnen.

Er hieß Thomas und war etwas älter als Wolfram.

Einige der anderen Jungen grinsten. Einerseits deshalb, weil Wolfram mit einem Mädchen sprach. Aber das war in ihren Augen nicht der eigentliche Anlass, sich über ihn lustig zu machen. Sie alle waren als Pagen von adeliger Herkunft. Ihre Väter waren Ritter. Maria hingegen war nur eine mittellose Waise ohne Rang in der Gesellschaft. Zwar gehörte es zu den Pflichten des Burgherrn – und jedes anderen Ritters! –, Armen und in Not Geratenen zu helfen, aber das bedeutete nicht, dass diese Menschen besonders geachtet wurden.

»Ich gehe wohl besser«, flüsterte Maria.

»Wieso denn?«, widersprach Wolfram.

»Na, du siehst doch, wie sie herumfeixen!«

»Das ist mir gleichgültig.«

»Außerdem wartet der Küchenmeister. Nach den Ankündigungen unseres Burgherrn gibt es sicher jede Menge Arbeit für uns.«

»Graf Gernot wird doch nicht schon morgen mit seinem Gefolge hier eintreffen!«

»Aber wenn erst ein Herold durch das große Burgtor geritten kommt, um das Erscheinen des Grafen anzukündigen, ist es zu spät«, erwiderte das Mädchen. »Die Sache ist doch ganz einfach: Der Burgherr hat Angst vor seinem Lehnsherrn und der Küchenmeister vor dem Burgherrn.«

»Und du vor dem Küchenmeister!«

»Nicht ohne Grund! Wir wären verloren, wenn wir nicht durch die Küche des Barons versorgt würden. Das kann sich ein so hochwohlgeborener Rittersohn vielleicht nicht vorstellen ...«

»Nun fang du nicht auch noch damit an!«

Kaspar ließ ein Bellen hören, als wollte er einen Streit verhindern.

»Ich muss jetzt wirklich los«, sagte Maria. »Und was deinen Kaspar angeht, so werde ich sehen, was ich für ihn tun kann!«

»Danke.«

Maria beugte sich vor und strich Kaspar durch das zerzauste Fell, in dem noch Getreidehalme und Gräser hingen. »Ja, wenn du der edle Jagdhund einer Herrschaft wärst, hättest du mehr und besser zu essen als die meisten Menschen. Aber da du nun einmal nur ein zotteliger Streuner bist, musst du mit dem zufrieden sein, was übrig bleibt.«

Der Hund bellte und wedelte mit dem Schwanz.

»Na, komm schon mit mir«, gab Maria schließlich nach. »Vielleicht finde ich ja was für dich …«

Wolfram sah Maria noch einen Augenblick nach. Der Hund schien begriffen zu haben, dass er in ihrer Gesellschaft etwas Essbares oder wenigstens einen Knochen erwarten konnte. Also folgte er ihr auf dem Fuß.

Thomas kam näher. Er verschränkte die Arme vor der Brust.

Die anderen Jungen blieben etwas abseits.

»Du bist mir noch eine Revanche im Tricktrack schuldig!«, behauptete er.

Tricktrack war ein Brettspiel, das viele Jahrhunderte später unter dem Namen Backgammon noch immer sehr beliebt sein würde.

»Ich habe keine Zeit, um Tricktrack zu spielen«, erwiderte Wolfram.

»Du spielst wohl lieber mit Küchenkindern, was?«

Die anderen lachten.

»Vielleicht weiß Wolfram einfach nicht, wo er hingehört«, meinte einer der anderen Pagen.

Thomas nickte. Er kam Wolfram noch etwas näher und blickte an ihm herab. Um einen halben Kopf überragte er Wolfram.

»Was glaubst du wohl, was unser aller Burgherr dazu sagen wird, wenn er erfährt, dass einer seiner Pagen sich mit Lumpengesindel herumtreibt?«, knurrte Thomas.

»Er selbst hat diese Leute aufgenommen. Also wird er nicht allzu schlecht über sie denken«, erwiderte Wolfram trotzig.

»Wer weiß, vielleicht ist dein Vater in Wahrheit ja auch gar kein Ritter, sondern ein dahergelaufener …« Weiter kam er nicht.

Wolfram hatte blitzschnell zu ein paar Faustschlägen ausgeholt und genau auf die Art zugeschlagen, wie Ansgar es bei ihm selbst gemacht hatte.

Thomas war vollkommen überrascht. Er fiel auf den Rücken.

Die anderen wichen zurück.

Dass Wolfram einen Älteren auf das Pflaster des inneren Burghofs geworfen hatte, musste sie mächtig beeindruckt haben. Jedenfalls traute sich keiner an ihn heran.

Selbst die immer noch in hitzige Gespräche verwickelten Ritter und Knappen waren jetzt auf die Jungen aufmerksam geworden.

»Sehen wir da etwa einen vorweggenommenen Turnierkampf?«, spottete Ferdinand von Walden, woraufhin Gelächter ausbrach.

»Na warte, das bekommst du noch zurück!«, zischte Thomas. Er erhob sich und ging wutentbrannt davon.

Einer der anderen Pagen wandte sich an Wolfram. Sein Name war Siegfried. Er war gerade erst acht Jahre alt geworden und hatte nun sein erstes Jahr als Page hinter sich.

»Ich glaube, du hast dir keinen Freund gemacht«, stellte er fest. »Gestern hast du ihn im Tricktrack besiegt und heute wirfst du ihn auf die Pflastersteine!«

Wolfram zuckte die Achseln. »Ich glaube, bei dem könnte ich machen, was ich wollte! Dieser Kerl glaubt einfach, dass er etwas Besseres ist!« Wolfram blickte sich um. Einige der Jungen standen fest auf Thomas' Seite. Die anderen waren entweder unparteiisch oder schlugen sich auf die Seite dessen, der jeweils gerade stärker zu sein schien.

»Vielleicht spielst du ja mit uns eine Runde Tricktrack?«, schlug Siegfried vor.

Aber Wolfram schüttelte entschieden den Kopf. »Nein, ich habe noch etwas vor.«

Ein Junge mit rötlichen Haaren meldete sich zu Wort. Er hieß Markwart und hatte aufgrund seiner Haarfarbe schon so manchen Spott über sich ergehen lassen müssen. »Gehst du wieder zu diesem verrückten Mönch?«, fragte er.

»Wenn du von Pater Ambrosius sprichst – er ist nicht verrückt!«

»Manche sagen sogar, dass er mit dem Satan im Bunde sei!«, gab Markwart zu bedenken.

»Das haben von dir auch schon einige wegen deiner Haarfarbe behauptet«, erwiderte Wolfram etwas ärgerlich.

Siegfried zuckte die Achseln. »Es werden allerhand Geschichten darüber erzählt, was dieser verrückte Mönch in den Kellern unterhalb des Klosters St. Ingbert so alles treibt ...«

Es war erst ein paar Tage her, da hatte man aus Richtung des nahen Klosters einen lauten Knall gehört. Niemand in der Umgebung hatte gewusst, worauf dieses Geräusch zurückzuführen war. So waren die wildesten Gerüchte entstanden.

Die meisten davon hatten mit Pater Ambrosius zu tun, von dem es hieß, dass er allerhand Pulver und Tinkturen zusammenmischte, die manchmal in einem Blitz aus Feuer und Rauch verschwanden, manchmal aber auch als Heilmittel Verwendung fanden.

Ambrosius galt als wunderlich. Zwar wurde seine Hilfe gerne in Anspruch genommen, aber auf der anderen Seite war er den meisten Leuten nicht so recht geheuer.

»Niemand hat ein so großes Wissen wie Pater Ambrosius«, verteidigte Wolfram ihn. »Ich habe jedenfalls keine Angst vor ihm.«

Siegfried machte eine großspurige Geste. »Ich natürlich auch nicht!«, behauptete er. »Aber etwas vorsichtig wäre ich an deiner Stelle schon!«

Wolfram fand Bruder Ambrosius wie üblich in den vom Fackelschein erhellten Kellergewölben des Klosters St. Ingbert, das etwa eine halbe Stunde Fußweg von Burg

Wildenstein entfernt lag. Hier führte der überaus gelehrte Mönch seine Versuche durch. Schon seit Jahren war es sein Ziel, Erde in Gold zu verwandeln. Dazu mischte er gewöhnliche Erde mit allerlei Pulvern und Tinkturen, erhitzte sie oder goss ätzende Säuren darüber.

Bislang war es ihm allerdings noch nicht gelungen, das große Ziel zu erreichen. Dabei wollte der ziemlich beleibte Ambrosius das Gold keineswegs dafür, um selbst ein reicher Mann zu werden. Als Mönch hatte er sich dazu verpflichtet, arm zu sein und ohne Besitz zu leben. Nicht einmal die dunkelbraune Kutte, mit der er bekleidet war, gehörte ihm. Sie war genauso Eigentum des Klosters wie die einfachen Sandalen, die er an den Füßen trug.

Oft genug hatte sich Wolfram mit Bruder Ambrosius darüber unterhalten, was man alles tun könnte, wenn es dem Mönch gelänge, tatsächlich aus Dreck Gold zu machen. Ambrosius beabsichtigte die Not der Armen mit diesem Gold zu lindern. Er wollte dafür sorgen, dass sie genug zu essen und im Winter warme Kleidung bekamen. Für sich selbst wollte er nichts.

»Bruder Ambrosius, ich muss Euch unbedingt sprechen«, forderte Wolfram.

Der Mönch runzelte die Stirn. »Ich weiß, ich hatte versprochen, dass du dabei sein darfst, wenn ich das nächste Mal versuche Gold zu erschaffen. Aber mir fehlen noch ein paar wichtige Zutaten, die schwer zu besorgen sind …«

Schon oft hatte Wolfram dem wissbegierigen Mönch bei seinen Versuchen geholfen. Das war nicht immer ungefährlich. Es hatte kleinere Explosionen gegeben und einmal war Wolframs Gewand in Brand geraten. Aber diesmal war er aus einem anderen Grund hier.

»Es geht nicht um das Gold«, sagte Wolfram.

»Offen gestanden habe ich im Moment auch wenig Zeit, mich meinen Forschungen zu widmen, Wolfram …«

»Ich habe über etwas nachgedacht. Und darüber möchte ich mit Euch sprechen, Bruder Ambrosius.«

Das Gesicht des Mönchs wirkte ernst. »Worum geht es? Doch nicht um den bevorstehenden Besuch des Grafen, der unseren Burgherrn Baron Norbert so sehr in Aufregung versetzt?«

Wolfram war perplex. »Ihr wisst davon?«, platzte es aus ihm heraus. »Dass Hellsehen auch zu Euren Künsten gehört, habe ich nicht geahnt!«

Pater Ambrosius lächelte nachsichtig. »Nun übertreib nicht! Ich wusste durch einen Herold des Burgherrn davon! In scharfem Galopp kam er hier angeritten, um die Neuigkeit zu berichten und natürlich um sich auch gleich danach zu erkundigen, ob für den Besuch des Grafen alles vorbereitet sei!« Pater Ambrosius kicherte in sich hinein. »Baron Norbert ist mächtig nervös, wie mir scheint. Dabei gibt es dafür nicht den geringsten Anlass. Graf Gernot ist ihm wohl gesonnen und es gibt keinen Grund, weshalb ein derart mutiger Ritter wie Baron Norbert, der den Grafen in vielen Schlachten heldenhaft begleitete, jetzt wie Espenlaub zu zittern beginnt.«

Wolfram atmete tief durch. »Ich bin wirklich nicht deswegen hier«, erklärte der Junge. »Obwohl ich Euch natürlich sicherlich davon erzählt hätte!«

»Sicherlich!«

»Ich habe in den letzten Tagen sehr lange über etwas nachgedacht ...«

Pater Ambrosius hob den Zeigefinger und wedelte damit in der Luft herum. »Nachdenken ist immer gut. Es ist der erste Schritt zur Erkenntnis!«

Wolfram nahm all seinen Mut zusammen. Schon lange lag ihm etwas auf dem Herzen, was er mit Pater Ambrosius besprechen wollte. Im Übrigen wusste er niemanden sonst, der ihm in dieser Sache hätte helfen können.

»Ich möchte, dass Ihr mir das Lesen und Schreiben beibringt«, brachte er sein Anliegen schließlich heraus.

Bruder Ambrosius starrte den Jungen verwirrt an. »Aber – wozu?«, fragte er.

Wolfram umrundete den großen Holztisch, auf den der Mönch eine Kerze gestellt hatte.

»Muss ich Euch das wirklich erklären? Woher habt Ihr denn all Euer Wissen, Bruder Ambrosius? All die Geschichten von der Erschaffung der Welt und wovon Ihr mir noch so alles erzählt habt ...«

Ambrosius machte eine wegwerfende Handbewegung. »Glaubst du denn, dass deine Pflichten als Page auf der Burg dir überhaupt genug Zeit dafür lassen, Lesen und Schreiben zu lernen?«

»Ich werde so oft zu Euch kommen, wie ich kann!«

»Das glaube ich gerne«, nickte Ambrosius. »Aber überlege dir gut, ob dieser Aufwand sich lohnt.«

Wolfram runzelte die Stirn. »Ich verstehe nicht, was Ihr meint!«

»Nun, bis zum vierzehnten Lebensjahr wirst du als Page dienen und danach Knappe bei einem Ritter werden, bevor man dich schließlich selbst zum Ritter schlägt. Du wirst lernen zu kämpfen und zu jagen. Aber kannst du mir sagen, wozu du da lesen und schreiben können musst?«

Wolfram zuckte die Achseln. »Ich möchte es aber gerne können!«

»Nicht einmal unser Burgherr kann die Buchstaben! Wozu auch? Dokumente lässt er von einem Schreiber aufsetzen und unterzeichnet sie mit einem Federstrich.«

»Ich habe aber gehört, es sei auf anderen Burgen durchaus üblich, dass auch Ritter das Lesen und Schreiben erlernen!«

»So? Wer hat dir denn solche Geschichten erzählt?«

»Ritter Dankwart von Eichenbach! Er zieht als fahrender Sänger durch die Lande und verbrachte den letzten Winter auf Burg Wildenstein. Er ist viel herumgekommen und hat angeblich sogar die Mauern von Bethlehem gesehen!«

»Man sollte nicht alles glauben, was fahrende Sänger so berichten. Oftmals wollen sie nur ihre Liedtexte ausschmücken und dramatischer machen, damit sie bei den Burgdamen mehr Eindruck schinden können!«

»So gibt es also keine Burg, auf der Pagen von einem Geistlichen im Lesen und Schreiben unterrichtet werden?«

Pater Ambrosius hob die Hände. »Das will ich damit keinesfalls gesagt haben!«

»Na also!«

»Aber es dürfte eher selten sein! Und unser ehrenwerter

Baron Norbert hält das Lesen und Schreiben offenbar für nicht gar so wichtig.«

»Kein Wunder, wenn er es selbst nicht kann!«, ereiferte sich Wolfram.

»Da mag etwas Wahres dran sein, Wolfram«, gab der Mönch augenzwinkernd zu.

»Ambrosius, bitte!«, ließ der Zehnjährige nicht locker. »Ich möchte es wirklich gerne lernen. All das Wissen, das in den Schriften verborgen ist …«

»Pass später als Knappe lieber gut auf, wenn man dir beibringt, wie man einen Falken zur Jagd abrichtet. Dann hast du immer ein paar leckere Sachen auf dem Tisch!« Ambrosius beugte sich vor und fuhr etwas leiser fort: »Nicht so wie dein Freund Ansgar. Ich habe ihn gestern beobachtet. Der begreift einfach nicht, dass man Falken immer nur belohnen und niemals bestrafen darf!«

Aber Wolfram blieb stur bei seiner Idee. Er hatte es sich in den Kopf gesetzt, Lesen und Schreiben zu lernen. Ob er diese Fähigkeiten einmal brauchte, wenn er erst Ritter war, interessierte ihn dabei wenig.

»Bitte überlegt es Euch noch einmal, Bruder Ambrosius. Ich wüsste sonst niemanden, den ich fragen könnte!«

Ambrosius bedachte Wolfram mit einem nachdenklichen Blick.

Ein zischendes Geräusch ließ den Mönch herumfahren.

»Oh, oh!«, rief er und eilte sogleich zum Brennofen. »Das Wachs ist übergelaufen!«

Ambrosius nahm eine etwa armlange Zange und griff damit nach einem Eisentopf, in dem er Wachs erhitzt hatte. Mithilfe der Zange nahm er den Topf vom Feuer und stellte ihn auf den Boden. Erleichtert seufzte er. Es war nicht viel von dem Wachs verloren gegangen.

»Was ist nun?«, bohrte Wolfram nach.

»Du bist ein vermaledeiter Quälgeist, Wolfram!«

»Ihr selbst habt mich gelehrt, dass man niemals fluchen soll, weil das schlimme Folgen haben kann!«

»Schon gut, schon gut!« Bruder Ambrosius hob beschwichtigend die Hände. »Ich werde es mir überlegen. Aber im Moment habe ich etwas Wichtiges zu erledigen!«

Wolfram deutete auf das Wachs. »Hat es damit zu tun?«, erkundigte er sich.

Der Mönch nickte. »Ich werde dir etwas zeigen, das du so schnell nicht wieder sehen wirst. Komm her!« Er winkte den Jungen zu sich heran und ging mit ihm zu einem Holztisch, der am anderen Ende des Raums stand. Darauf lag ein dickes Buch mit einem kunstvoll gefertigten Einband aus Leder. »Weißt du, was das ist?«, fragte der Pater.

Wolfram schluckte. Natürlich wusste er es! Es musste sich zweifellos um das so ungeheuer wertvolle Buch handeln, das Graf Gernot in nächster Zeit abzuholen gedachte.

Ein Leuchten stand in Pater Ambrosius' Augen. Fast zärtlich strich er über den Ledereinband. »Das ist der größte Schatz, den du oder ich jemals in den Händen halten werden. Ein Evangeliar – eine Abschrift der gesamten Bibel.« Vorsichtig schlug Ambrosius das Buch auf.

Wolfram starrte auf die kunstvoll verzierten Buchstaben, die mit blauer und roter Tinte geschrieben worden waren. Für Wolfram nichts als geheimnisvolle Zeichen, von denen er sich wünschte, dass sie zu ihm genauso zu sprechen beginnen würden, wie es bei Ambrosius der Fall war.

»Zwölf Mönche waren ein ganzes Jahr mit dieser Abschrift beschäftigt.« Ambrosius schlug die nächste Seite auf.

Wolframs Blick fiel auf die Bilder, die den Text auflockerten. Ein Bild erkannte er. Es zeigte Noah mit der Arche. Ambrosius hatte ihm diese Geschichte einmal erzählt.

»Was habt Ihr mit dem Wachs vor?«, fragte Wolfram.

»Ich habe die ehrenvolle Aufgabe, diese Bibel mit sieben Siegeln zu verschließen.«

»Aber – warum?«

Ambrosius zuckte die Achseln. »Da musst du nicht mich fragen. Graf Gernot von der Tann will die sieben Siegel. Er hat diese Bibel in Auftrag gegeben. Obwohl man munkelt, dass eigentlich seine Frau dahinter steckt. Aber das ist ein Gerücht.«

»In manchen Gerüchten steckt auch Wahrheit«, gab Wolfram zu bedenken.

Ambrosius lächelte mild. »Wie auch immer. Gewiss wird Graf Gernot Freude an dem Turnier haben, das unser Burgherr Norbert von Wildenstein für ihn ausrichten wird, aber der eigentliche Grund für seinen Besuch ist nun einmal dieses Buch! Er wird es abholen und bezahlen. Ich sage dir, Wolfram: So viel Gold, wie nötig ist, um eine Bibel wie diese hier zu bezahlen, hast du noch nie auf einem Haufen gesehen ...«

»Dann seid bloß vorsichtig mit dem Wachs, Ambrosius!«, erwiderte Wolfram. »Nicht dass Ihr das wertvolle Buch beschädigt!«

»Was glaubst du wohl, warum ich heute so nervös bin, Wolfram! Wenn irgendetwas mit dieser Bibel passiert, wäre ein Jahr Arbeit von zwölf Mönchen vergeblich ...«

»Dann solltet ihr Mönche das wertvolle Buch gut bewachen. Schließlich könnte ja jemand auf die Idee kommen, es zu stehlen!«

Ambrosius machte eine wegwerfende Handbewegung. »Hör auf! Du machst mich ganz irre! Außerdem muss ich jetzt an die Arbeit. Das Wachs ist sonst wieder hart!«

»Aber es stimmt doch, was ich sage!«, beharrte Wolfram.

»Ja, das schon ...« Ambrosius' Gesichtsausdruck wirkte jetzt angestrengt. Er schien mit den Gedanken nicht ganz bei Wolfram und seinen Bedenken zu sein, sondern wirkte voll auf seine Arbeit konzentriert. Er legte die am Einband befestigten Siegelschnüre über Kreuz, träufelte Wachs darauf und drückte anschließend das Siegel darauf. »Und jetzt das ganze noch sechs Mal!«, stöhnte der Mönch. Er sah Wolfram an und meinte nach einer kurzen Pause: »Also, wenn ich ein Dieb wäre, hätte ich es auf das Gold abgesehen, das Graf Gernot und sein Gefolge mit sich führen werden, wenn sie hier auftauchen! Es werden viele Kisten voller Geschmeide und Edelmetall sein!«

»Und wenn ich ein Dieb wäre, würde ich das Buch bevorzugen«, beharrte Wolfram.

»Weil du anscheinend von Büchern fasziniert bist und unbedingt lesen lernen willst!«

Wolfram schüttelte den Kopf. »Nein, nicht deshalb. Ein Buch ist doch viel leichter zu transportieren als ganze Wagenladungen voller Gold und Silber! Dieses Evangeliar lässt sich bequem in einer etwas größeren Satteltasche verstauen. Ein Reiter kann damit innerhalb von Stunden über alle Berge sein! Aber einen gestohlenen Wagen mit schweren Goldkisten holt doch jeder Eselskarren ein!«

Pater Ambrosius wirkte erstaunt. »Du bist ein heller Bursche, Wolfram. Zum Glück hast du ja nicht wirklich vor, unter die Diebe und Räuber zu gehen!«

»Gott behüte! Nein, natürlich nicht!«

Der Pater seufzte. »Ich hoffe, darüber denkst du noch immer so, wenn du erst einmal groß bist und zum Ritter geschlagen wurdest!«

»Räuberei ist ehrlos«, wiederholte Wolfram einen Satz, den er einmal bei seinem Burgherrn Baron Norbert aufgeschnappt hatte.

»Gewiss, Wolfram. Aber in den letzten Jahren hört man immer mehr von so genannten Raubrittern, die es zu einem Geschäft gemacht haben, Reisende zu überfallen, ihnen ihr Hab und Gut wegzunehmen und sie dann auf ihren Burgen gefangen zu halten, bis die Verwandten ein Lösegeld bezahlt haben.«

»Das ist schändlich«, sagte Wolfram. »Ich habe auch davon gehört.«

»Darf ich raten?«

»Bitte!«

»Ritter Dankwart von Eichenbach hat im letzten Winter sicher ausführlich davon berichtet!«

Wolfram nickte. »Er verbrachte fast anderthalb Jahre in der Gefangenschaft solcher Unholde und musste bei ihnen im finsteren Kerker schmachten, ehe die Burg dieser Raubritter erobert wurde und Dankwart wieder freikam!«

Ambrosius nickte. Eine tiefe Furche hatte sich auf seiner Stirn gebildet. »Das Geschäft mit Geiseln ist für manche Burgherren einträglicher als die Bewirtschaftung ihrer Ländereien!«

»Einem Ritter sollte es um die Ehre gehen und nicht ums Geld«, sagte Wolfram.

Ambrosius legte Wolfram anerkennend eine Hand auf die Schulter. »Schön, zu wissen, dass es auch in Zukunft noch Ritter geben wird, die so denken.«

Wolfram erwiderte den wohlwollenden Blick des Mönches. Er hielt den Zeitpunkt für passend, noch einmal zu seiner ursprünglichen Frage zurückzukehren. »Bringt Ihr mir nun das Lesen und Schreiben bei, Pater Ambrosius? Wenn ich mich als zu ungeschickt oder dumm anstellen sollte, könnt Ihr den Unterricht ja sofort wieder beenden!«

Pater Ambrosius zögerte kurz. Doch dann stimmte er zu Wolframs großer Erleichterung zu. »Gut. Aber wir werden mit dem Unterricht erst beginnen, wenn der Besuch des Grafen Gernot auf Burg Wildenstein vorbei ist …«

»Ich kann es zwar eigentlich kaum abwarten, aber … einverstanden!«

Einige Tage zogen ins Land.

Auf Burg Wildenstein gab es viel zu tun. Maria sah Wolfram nur selten, schließlich musste sie wie die anderen Küchenkinder auch dem Küchenmeister kräftig unter die Arme greifen.

Dasselbe galt für die Pagen und Knappen der Burg. Die Knappen brachten die Rüstungen ihrer Ritter auf Hochglanz, damit diese sich auf dem zu Ehren des Grafen geplanten Turnier nicht blamierten. Und die Pagen wurden vor allem mit allerlei Laufburschenarbeit betraut.

Handwerker begannen damit, vor den Toren von Burg Wildenstein den Turnierplatz aufzubauen. Prächtige Zelte wurden errichtet, außerdem eine Zuschauertribüne für die hohen Herrschaften und ihre Damen.

In der Mitte des zukünftigen Turnierplatzes bauten Zimmerleute einen Tilt. Das war ein Zaun, der die aufeinander zureitenden Turniergegner wie eine Leitplanke voneinander trennte. Wenn einer der beiden Gegner mit der Lanze aus dem Sattel gehoben wurde, konnte er nicht so leicht unter die Hufe geraten.

Ein beständiges Hämmern war vom Turnierplatz zu hören.

Sämtliche Zimmerleute der Umgebung waren an den Arbeiten beteiligt, während die Bauern aus den rund um die Burg gelegenen Dörfern Schlachttiere und Nahrungsmittel lieferten. Den zu erwartenden Gästen sollte nur das Beste aufgetischt werden. Und die Jäger des Burgherrn wurden ausgesandt, um den einen oder anderen Festtagsbraten herbeizuschaffen.

Erstaunlicherweise ließ die Burgherrin Wolfram zu sich kommen. Sie empfing den Pagen in der Kemenate, dem Kaminzimmer, wo sie gerade mit dem Hausmeier die Sitzordnung beim Festbankett beriet. Der Hausmeier beaufsichtigte Dienerschaft und Küchenpersonal und war für die Einteilung der Dienerschaft zuständig. Er musste dafür sorgen, dass bei dem großen Fest alles reibungslos vonstatten ging und keiner der Gäste hungrig, durstig oder beleidigt nach Hause zurückkehrte. Letzteres konnte schnell dadurch geschehen, dass jemand an den falschen Platz gesetzt worden war.

Die Sitzordnung bei einem Festmahl entsprach genau der Rangordnung, die Gäste und Gastgeber innehatten. Die Ranghöchsten waren natürlich Graf Gernot und seine Gemahlin sowie Baron Norbert und Margarete. Sie würden an einer erhöhten Tafel sitzen. In ihrer Nähe mussten die Ritter platziert werden – je nach Rang und Verdienst. Ein Fehler konnte unter Umständen einen handfesten Streit auslösen.

Nachdem Wolfram geklopft hatte, hieß Baronin Margarete ihn einzutreten.

Der Hausmeier hatte ihr gerade ein Stück Pergament gezeigt, auf dem offenbar die Sitzordnung verzeichnet war. Schon draußen im Flur hatte Wolfram die lautstarken

Erklärungen des Hausmeiers gehört, dessen durchdringende Stimme beim Küchenpersonal gefürchtet war.

»Ich kann später wiederkommen«, sagte Wolfram und verneigte sich.

Die Formen der Höflichkeit zu lernen gehörte zu den wichtigsten Dingen, die einem Pagen – und späteren Knappen und Ritter! – beigebracht werden mussten.

»Nein, bleib hier, Junge«, bestimmte die Burgherrin. Sie war eine Frau mit freundlichen Gesichtszügen, blauen Augen und langem flachsblondem Haar. Das Haar hatte die Baronin zu einer kunstvollen Frisur aufgesteckt.

Margarete rollte das Dokument zusammen und gab es an den Hausmeier zurück. »Ihr müsst über die Sitzordnung noch einmal gründlich nachdenken, Hausmeier«, beschied sie ihm. »Sprecht mit Ritter Ferdinand! Er kennt viele der Mannen des Grafen sehr gut und wird Euch sicher nach bestem Wissen beraten!«

Der Hausmeier verneigte sich. »Sehr wohl«, sagte er untertänigst und verließ den Raum.

Die Burgherrin wandte sich Wolfram zu. »Ich habe mit dir zu reden!«

»Wenn Ihr einen Auftrag für mich habt, erledige ich ihn gerne und sofort! Allerdings muss ich nachher zum Müller am Rand des Kleintals reiten um ihn zu fragen, ob er die vereinbarte Menge Mehl auch tatsächlich liefern kann. Unser Küchenmeister hat daran nämlich seine Zweifel.«

»Keine Sorge, ich werde deine Zeit nicht so lange beanspruchen, dass du deinen sonstigen Pflichten nicht mehr nachkommen kannst«, versprach die Burgherrin.

»Dann bin ich beruhigt.«

Margarete trat einen Schritt auf den Jungen zu und musterte ihn von oben bis unten. »Mir ist zu Ohren gekommen, dass du des Öfteren deine Zeit mit Küchenkindern verbringst. Da ist insbesondere ein Mädchen namens Maria, das du nett zu finden scheinst.«

»Thomas!«, zischte es wütend zwischen Wolframs Lippen hindurch, bevor er es zurückhalten konnte. *Dieser verfluchte Verräter!*, durchschoss es Wolfram siedend heiß. Hatte der Kerl seine Drohung also wahr gemacht und sich für die Faustschläge und die Niederlage im Tricktrack gerächt. Wolfram konnte sich schon denken, dass Thomas seinen Bericht wahrscheinlich noch ausgeschmückt hatte.

Wolfram wollte etwas sagen, aber eine Handbewegung seiner Burgherrin brachte ihn augenblicklich dazu, die Worte, die ihm schon auf der Zunge lagen, hinunterzuschlucken. Es wäre unhöflich und fast unverzeihlich gewesen, seiner Herrin ins Wort zu fallen. So schwer es Wolfram in diesem Augenblick auch fallen mochte, er musste sich beherrschen.

»Hör zu, Junge. Ich möchte dir dazu etwas sagen. Diese Maria mag ein nettes Mädchen sein, aber es ist etwas anderes, wenn Kleinkinder sich ihre Spielkameraden aussuchen oder wenn man das in deinem Alter tut.«

Worin dieser Unterschied bestand, verstand Wolfram nicht so recht. Doch er wagte auch nicht nachzufragen. *Wahrscheinlich wird mir die Herrin jetzt eine elend lange Standpauke halten!*, ging es dem Jungen durch den

Kopf. Aber er wusste genau, dass jeder Widerspruch vollkommen sinnlos war. Sie war die Burgherrin, er ein zu Dienst verpflichteter Page. Die Rollen waren klar verteilt und es gab keine Möglichkeit, daran auch nur das Geringste zu ändern.

Die Burgherrin machte eine Pause, ehe sie schließlich fortfuhr: »Wie gesagt, ich habe über diese Maria nie etwas Schlechtes reden gehört. Aber sie passt einfach nicht zu deinem Stand, Wolfram. Du bist der Sohn eines Ritters, dem mein Mann das Versprechen gab, für deine Erziehung und Ausbildung zu sorgen. Das weißt du!«

»Ja, meine Herrin«, murmelte Wolfram ziemlich kleinlaut.

»Einen jeden hat Gott an seinen Platz im Leben gesetzt. Hast du darüber schon einmal nachgedacht?«

»Der Burggeistliche hat in der Messe wiederholt darüber gesprochen«, gab Wolfram zu.

»Der Sohn eines Ritters wird ein Ritter, der Sohn eines Bauern wird ebenfalls Bauer und die Töchter von Mägden werden auch Mägde. So ist die Ordnung, die unser Zusammenleben gewährleistet. Du solltest darauf achten, diese Grenzen nicht zu überschreiten. Es gibt genügend Kinder adeliger Herkunft in dieser Burg. Und du bist alt genug, um diesen Unterschied zu begreifen.«

Die Wahrheit war, Wolfram sah nicht so recht ein, weshalb jemand etwas dagegen haben sollte, dass er sich mit Maria traf. Die allgemeine Ordnung brach davon sicherlich nicht zusammen. Aber Wolfram hütete sich davor, etwas gegen die Worte der Burgherrin zu sagen. Das hätte die unangenehme Situation, in der er sich befand, nur verlängert.

»Es gibt noch einen anderen Grund, weshalb ich dir dringend anrate, dich nicht mit den Küchenkindern abzugeben. Ich erwähnte bereits das Versprechen, das mein Mann deinem Vater gab, für deine Erziehung und Ausbildung zu sorgen, als wärst du sein eigener Sohn.«

»Gewiss.«

»Genauso haben wir unseren Sohn in die Obhut des Grafen Gernot gegeben, damit er dort das nötige Handwerkszeug eines Ritters erlernt. Wenn deinem Vater nun zu Ohren käme, dass du nicht standesgemäßen Umgang hast, könnte er daran zweifeln, ob wir wirklich in der Lage sind, für deine höfische Ausbildung zu sorgen. Verstehst du das?«

»Ja«, murmelte Wolfram. Doch es war eine Lüge. Er verstand es kein bisschen, musste sich aber unterordnen. Sich allerdings wirklich vorschreiben zu lassen, mit wem er Umgang hatte – daran dachte er nicht einmal im Traum. *Ich werde vorsichtiger sein müssen!,* ging es ihm durch den Kopf. Vor allem vor Thomas musste er sich zukünftig in Acht nehmen. Schließlich hatte niemand der Ritter daran Anstoß genommen, die in der Nähe gewesen waren, dass er mit Maria gesprochen hatte.

»Du darfst jetzt gehen«, entließ ihn die Burgherrin.

Wolfram verneigte sich und ging zur Tür. Nachdem er sie geöffnet hatte, drehte er sich noch einmal halb um.

Er erschrak fast, als die Burgherrin ihn streng ansah. »Vergiss nie, wer du bist und wohin du gehörst, Wolfram!«

»Das tue ich bestimmt nicht«, versprach er. Aber er meinte es anders, als die Burgherrin es verstand. Freunde verrät man nicht einfach. Das war Wolframs Ansicht. Das galt für Maria genauso wie für den Streuner Kaspar, der auch kein wertvoller Jagdhund, sondern nur eine schmutzige Promenadenmischung war.

Später ritt Wolfram zusammen mit Ansgar, dem frisch gebackenen Knappen, zur Mühle am Kleintal, um sich zu vergewissern, dass der Müller seine Ware auch pünktlich liefern würde. Außerdem hatte der Küchenmeister die benötigte Menge inzwischen höher veranschlagt. Beinahe die doppelte Menge an Mehl wollte er jetzt haben.

Die beiden richteten diese Botschaft so aus, wie sie ihnen gesagt worden war.

Der Müller machte ein ziemlich ratloses Gesicht. »Die hohen Herrschaften ändern ihre Pläne, wie es ihnen beliebt!«, schimpfte er. »Und unsereins muss den Buckel krumm machen. Meine Gesellen und ich haben schon seit Tagen kaum geschlafen. Mehr als uns anzustrengen können wir nicht. Das könnt ihr ruhig ausrichten«, meinte er.

Ansgar und Wolfram hatten ihren Streit nach dem Boxkampf längst vollständig beigelegt. Keiner von ihnen sprach mehr davon.

Ansgar trug nun ein kurzes Breitschwert an der Seite. Es gehörte nicht ihm, sondern sein Ritter stellte es ihm zur Verfügung. Aber Ansgar trug es mit demselben Stolz, mit dem er eines Tages ein richtiges Ritterschwert tragen würde.

Angeblich hatte Ansgar sogar schon mit der Waffe trainieren dürfen.

»Die Zeit der Holzschwerter ist für mich vorbei!«, sagte er großspurig. »Jetzt trage ich eine echte Waffe wie ein Ritter!«

»Bis dahin ist es noch ein weiter Weg für dich!«

»Ich werde mir meine Sporen schon verdienen«, war Ansgar zuversichtlich.

Wolfram warf einen verächtlichen Blick auf das Kurzschwert.

»Das ist ja kaum länger als ein Fleischermesser«, spottete er.

»Mach dich nur lustig darüber«, erwiderte Ansgar, der sich seine gute Laune einfach nicht nehmen lassen wollte. »Du bist ja nur neidisch, dass ich mit einem Schwert daherstolziere, während du noch mehrere Jahre lang bei Tisch bedienen musst wie ein Weib!«

»Sag bloß, bei den Pferden deines Ritters den Mist fortzuschaffen ist eine Tätigkeit, die dich mit Glück erfüllt, Ansgar?«

Ansgars Gesicht lief dunkelrot an. Er war seinem Freund zwar an Alter und Körperkraft überlegen, aber wenn es um ein Duell der Worte ging, trug der Kleinere meistens den Sieg davon. Und das wurmte den Knappen ganz gehörig.

»Wir können es ja wieder in einem Boxkampf austragen!«, schlug er vor.

Aber dazu hatte Wolfram diesmal keine Lust.

Sie stiegen auf ihre Pferde und ließen die Mühle hinter sich.

Allerdings ritten sie nicht auf direktem Weg zur Burg zurück, sondern machten einen weiten Bogen. Auf diese Weise hatten sie etwas Zeit für sich. Denn sobald sie die Burg wieder erreicht hatten, das war beiden klar, würde man ihnen nur neue Aufgaben zuteilen.

Wann genau Graf Gernot und sein Gefolge eintreffen sollten, war nicht bekannt, aber man rechnete auf Wildenstein nun täglich mit dem Eintreffen eines Herolds, der das baldige Auftauchen des Lehnsherrn vermelden würde.

Als sie auf eine Anhöhe ritten, sahen sie in der Ferne einen langen Tross von Rittern und ihrem Gefolge herannahen. Schon an den Wappen war zu erkennen, dass es sich um niemand anderes als Graf Gernot von der Tann und sein Gefolge handeln konnte.

Zahlreiche Wagen folgten dem Zug. Bewaffnete flankierten diese zu beiden Seiten. Manche gingen zu Fuß, andere ritten hoch zu Ross.

»Das sieht doch schon ein Blinder, dass da eine wertvolle Fracht transportiert wird«, meinte Wolfram. »Wie können die so leichtsinnig sein?«

»Du sprichst von dem Gold, mit dem das Evangeliar bezahlt werden soll?«, fragte Ansgar.

Wolfram nickte. »Natürlich, was denn sonst?«

»Gegen die vielen Bewaffneten hätten Räuber wohl kaum eine Chance«, war Ansgar überzeugt.

»Na, wollen wir es hoffen.«

»Was sollen wir tun? Zurückreiten und Bescheid geben, dass sich der Graf mit seinen Mannen im Anmarsch befindet?«, fragte Ansgar.

Wolfram schüttelte den Kopf. »Das hat sicher schon ein Herold getan.«

»Dann reiten wir den hohen Herren entgegen und heißen sie willkommen!«

»Der hohe Herr wird es sicher sehr zu schätzen wissen, von einem Knappen und einem Pagen empfangen zu werden!«, spottete Wolfram. »Ich halte das für keine gute Idee. Wahrscheinlich sind bereits einige unserer Ritter unterwegs, um den Tross zu empfangen.«

»Ich finde die Idee gut! Komm, sei keine Memme und mach mit! Der Ärger darüber, dass wir nicht umgehend zur Burg zurückgeritten sind, wird sich schon in Grenzen halten, Kleiner!«

»Dein Wort in Gottes Ohr!« Wolfram gab schließlich nach.

Sie ritten einen Bogen, um dem sich in Richtung Burg bewegenden Tross des Grafen den Weg abzuschneiden.

Der Graf und seine Leute hatten mit den zahlreichen Wagen, die sie mitführten, keine andere Wahl, als dem breiten Hauptweg zu folgen. Die Wälder und Anhöhen zu beiden Seiten waren für sie nahezu unpassierbar.

Wolfram trieb sein Pferd voran. Er folgte einfach seinem

Freund Ansgar. Denn was das Finden von Wegen anging, war er klar der Geschicktere. Auf diesem Gebiet vertraute Wolfram ihm voll und ganz.

Sie ließen die Pferde einen Trampelpfad entlangpreschen, der quer durch einen kleinen Wald hindurchführte.

Plötzlich fühlte Wolfram einen Ruck an der Schulter. Es war fast so, als hätte ihn unvermutet jemand von hinten gepackt und fest umklammert. Eine Seilschlinge hatte sich um seine Schultern und den Brustkorb gelegt. Er wurde aus dem Sattel gerissen und landete unsanft auf dem weichen Waldboden, während sein Pferd wiehernd weitergaloppierte.

Ansgar erging es nicht anders. Auch er wurde mithilfe eines Wurfs zu Boden gerissen.

Aus dem Wald tauchten fast ein Dutzend bewaffnete Männer auf. Sie trugen Schwerter, Langbogen und Hellebarden. Hin und wieder war auch eine Armbrust zu sehen. Die Helme glänzten in dem spärlichen Sonnenlicht, das durch das Blätterdach drang.

Ein Mann mit schwarzem Bart schien das Kommando zu führen. »Los, fesselt sie!«, befahl er.

Ansgar zog sein Schwert und wollte sich aufrappeln, aber einer der Männer schlug ihm die Klinge aus der Hand und versetzte ihm einen Faustoß mit dem gepanzerten Handschuh. Stöhnend sank Ansgar wieder zu Boden.

»Das ist ja noch ein Kind!«, stellte einer der anderen mit einem Blick auf Wolfram fest.

Zwei andere hatten den Jungen gepackt und ihm die Hände auf den Rücken gefesselt.

»Was soll das?«, rief Wolfram. »Wir haben niemandem etwas getan!«

»Knebelt sie«!«, wies der Bärtige seine Männer an. »Sonst warnen sie noch ihre Komplizen!«

Wolfram wollte etwas sagen, aber es war zu spät. Ihm wurde ein Tuch in den Mund gesteckt.

»Vorwärts!«, rief der Bärtige. »Ich nehme an, dass dieses Gesindel nicht allein ist! Also, schaut euch um, ob ihr nicht noch andere Herumtreiber findet!«

Die entlaufenen Pferde der beiden Jungen wurden wieder eingefangen. Der Bärtige und seine ruppigen Gesellen waren ebenfalls beritten. Ihre Pferde hatten sie im Wald verborgen. Sie holten die Tiere und schwangen sich in die Sättel.

Keiner von ihnen sagte ein Wort.

Sie trieben Wolfram und Ansgar vor sich her durch den Wald. Schließlich erreichten sie den Weg, auf dem sie zwangsläufig Graf Gernot und seinem Tross begegnen würden.

Wolfram konnte sich überhaupt keinen Reim auf die Sache machen. *Wem waren sie da in die Hände gefallen? Einem Haufen Straßenräuber vielleicht, die glaubten, dass sie das Wildensteiner Land zu ihrem neuen Jagdrevier machen konnten?* Es sah fast so aus.

Wolfram glaubte auf alle Fälle nicht daran, dass ein Zufall diese üblen Gesellen genau dorthin geführt hatte, wo in Kürze der Tross des Grafen mit mehreren Kisten voller Gold vorbeikommen würde.

Ob diese Männer es darauf abgesehen hatten? Dagegen sprach, dass sie keine Wagen dabeihatten. Aber vielleicht wollten sie sich ja mit einem Teil der Beute begnügen.

Die Männer warteten, bis in der Ferne der Tross des Grafen auftauchte.

Wolfram erkannte den Grafen von früheren Besuchen auf Burg Wildenstein wieder. Er ritt inmitten einer Schar hochgerüsteter Ritter, ihrer Knappen und Diener. Außerdem wurden sie von einer großen Menge bewaffneter Soldaten begleitet, die nicht dem Ritterstand angehörten. Manche zu Fuß, andere zu Pferd. Bogen- und Armbrustschützen sicherten die Wagen.

An der Seite des Grafen ritt eine Dame. Es war seine Frau Margunda. Dass sie eine so anstrengende Reise auf sich nahm, war eher ungewöhnlich und hatte wohl damit zu tun, dass ihr Mann das wertvolle Evangeliar in Empfang nehmen wollte. Gerüchten zufolge hätte Graf Gernot das viele Geld nämlich liebend gern für etwas anderes ausgegeben, aber seine Frau hatte darauf bestanden, die Bibel mit den sieben Siegeln in Auftrag zu geben.

Vor anderthalb Jahren war ihr Mann mit seinen Gefolgsleuten in den Krieg gezogen. Gräfin Margunda hatte dafür gebetet, dass ihr Mann lebend zurückkehrte. Im Falle der glücklichen und gesunden Heimkehr ihres Gatten wollte sie sich die Buße auferlegen, einen beträchtlichen Teil ihres Vermögens für den Erwerb einer Bibelabschrift auszugeben, die bei den Mönchen von St. Ingbert in Auftrag gegeben werden sollte. Schließlich waren die Ordensbrüder von St. Ingbert dafür bekannt, zu den geschicktesten Schreibern zu gehören, die es außerdem hervorragend verstanden, eine Abschrift mit passenden Bildern zu verzieren.

Der Graf hob seine Hand. Daraufhin gab einer der Soldaten den Befehl zum Halt. Der gesamte Tross stoppte.

Der Bärtige ritt dem Grafen entgegen. »Graf, wir haben ein paar Strauchdiebe gefangen nehmen können! Der Rest der Bande ist leider entkommen!«

Graf Gernot runzelte die Stirn und blickte auf Wolfram und Ansgar. »Das sind ja noch halbe Kinder!«

»Ja, diese Bande scheint verdorben genug zu sein, um selbst so junge Menschen schon zum Bösen zu verleiten!«, stimmte der Bärtige in die Empörung des Grafen ein.

Gräfin Margunda ergriff das Wort. »Man soll den Gefangenen sofort die Knebel aus dem Mund nehmen!«, rief sie.

Gernot nickte. »Tut, was eure Herrin befiehlt!«, ermahnte er die Männer.

Den beiden Jungen wurden die Knebel aus dem Mund genommen. Endlich konnten sie reden!

»Wir sind keineswegs Strauchdiebe!«, rief Wolfram. »Vielmehr kommen wir von Burg Wildenstein und waren in der Nähe als Laufburschen unterwegs …« *In der Nähe* war zwar etwas übertrieben, aber im Großen und Ganzen trafen Wolframs Worte zu.

»Wir hatten nicht vor, Euch zu überfallen«, ergänzte Ansgar. »Wie auch! Wir beide gegen eine derartige Übermacht hochgerüsteter Ritter?«

»Vermutlich handelt es sich um Kundschafter«, meinte der Bärtige. »Jetzt versuchen sie sich herauszureden. Aber vielleicht können wir aus den beiden Nichtsnutzen herausbekommen, wo sich die anderen verstecken!«

»Graf Gernot! Ihr kennt mich!«, rief Wolfram. »Ich habe Euch den Wein eingeschenkt, als Ihr das letzte Mal auf Burg Wildenstein weiltet!«

Graf Gernot runzelte die Stirn. Er beugte sich im Sattel etwas vor. »Wie ist dein Name?«, erkundigte er sich.

»Wolfram von Hauenfels.«

»Ist Ludwig dein Vater?«

»So ist es.«

»Ich kann mich ehrlich gesagt nur flüchtig an die Pagen erinnern, die uns damals bedienten«, erklärte Graf Gernot.

»Und sich mit einem falschen adeligen Namen zu schmücken ist auch nicht gerade ein Kunststück!«, warf der Bärtige ein.

»Bindet sie trotzdem los!«, befahl Graf Gernot.

»Das kann nicht Euer Ernst sein, Graf!«

»Warum nicht? Habt Ihr etwa Angst, dass Euch diese Kinder entwischen könnten?«

Die Haltung des Bärtigen straffte sich. Eine dunkle Röte überzog sein Gesicht. »Natürlich nicht, mein Herr!«, erklärte er mit leicht beleidigtem Unterton.

Der Bärtige machte seinen Männern ein Zeichen und sie lösten die Fesseln.

Wolframs Handgelenke schmerzten. Das Seil, mit dem

er gefesselt gewesen war, hatte ziemlich stramm gesessen.

In diesem Moment war aus der Ferne der Hufschlag mehrerer Pferde zu vernehmen. Die Männer horchten auf wie auch Wolfram und Ansgar.

Fünf Reiter näherten sich. An ihrer Spitze ritt niemand anderes als Ferdinand von Walden, dicht gefolgt von Bernhard von Terne. Die Ritter kamen in wildem Galopp auf den Tross des Grafen zu und zügelten kurz vor ihm ihre Pferde.

»Seid gegrüßt, Graf Gernot!«, rief Ferdinand von Walden.

Der Graf erwiderte die Begrüßung.

Ferdinands Blick wanderte zu Wolfram und Ansgar. »Was macht ihr denn hier, Jungs? Ich kann mir vieles vorstellen, aber nicht, dass Baron Norbert euch beide als Eskorte für den Grafen abgeordnet hat!«

»Wir … wir …«, stotterte Ansgar und Wolfram konnte nur schlucken.

Ein Lächeln glitt über Graf Gernots Gesicht. »Wie es scheint, habe ich euch beiden Unrecht getan«, sagte er an Ansgar und Wolfram gerichtet. Er drehte sich im Sattel herum und rief: »Bringt ihnen ihre Pferde!«

Die Männer des Grafen gehorchten. Wolfram schwang sich hinauf in den Sattel. Ansgar bekam zunächst noch sein Schwert ausgehändigt.

»Es tut mir aufrichtig Leid, was geschehen ist«, erklärte der Graf in einem fast feierlichen Ton. »Ich hoffe, ihr könnt mir vergeben, dass wir euch beide beinahe wie Strauchdiebe behandelt haben.«

»Der Irrtum scheint ja noch früh genug entdeckt worden zu sein«, mischte sich Ferdinand von Walden in das Gespräch ein.

»Wozu Euer Auftauchen, Ferdinand, sicher beigetragen hat«, gestand Graf Gernot zu. Er wandte sich direkt an die Jungen und fuhr fort: »Ich bin euch beiden einen Gefallen schuldig. Löst ihn ein, wenn sich die Gelegenheit ergibt!«

Ansgar und Wolfram nickten nur.

»Wie konntet Ihr zwei harmlose Jungen als Strauchdiebe verdächtigen?«, schüttelte Ferdinand von Walden den Kopf.

»Wir wurden zeitweise verfolgt«, erklärte Graf Gernot. »Daher haben meine Männer wohl angenommen, dass auch die beiden Jungen dazugehören könnten. Aber der Irrtum ist ja jetzt ausgeräumt!«

Gemeinsam mit dem Tross des Grafen kehrten Wolfram und Ansgar zur Burg zurück.

Die Ankömmlinge wurden von den Burgbewohnern gebührend empfangen. Baron Norbert persönlich ritt ihnen ein Stück entgegen, um seinem Lehnsherrn damit die Ehre zu erweisen.

Aber das war nicht der einzige Grund. Seinen Sohn Michael hatte er nämlich zur Ausbildung in die Obhut von Graf Gernot auf die Tannburg gegeben. Seit seinem siebten Lebensjahr diente Michael dort als Page. Inzwischen war er zwölf, und dieses Zusammentreffen war eine gute Gelegenheit, sich wieder zu sehen.

Michael ritt im Gefolge des Grafen. Wolfram war der Junge zunächst nicht weiter aufgefallen, da er einen Mantel getragen hatte, dessen Kapuze tief ins Gesicht gezogen war.

Baron Norbert begrüßte seinen Sohn freudestrahlend. »Ich hätte dich beinahe nicht wiedererkannt, so sehr bist du gewachsen!«, stellte Baron Norbert voller Stolz fest. »Wirklich kräftig bist du geworden!«

»Was beweist, dass es Eurem Jungen zumindest am Essen bei uns nicht fehlen kann«, mischte sich Gräfin Margunda in das Gespräch ein.

Für den Grafen und seine Gemahlin machten Baron Norbert und Baronin Margarete ihre eigenen Räume frei. Der Großteil der Ritter, Knappen und Diener, die den Grafen begleiteten, fanden jedoch keinen Platz innerhalb der Burg. Sie kampierten vor dem Burgtor in den bunten Zelten, die dort inzwischen errichtet worden waren.

»Ihr seid etwas früher angekommen, als ich erwartet hatte«, stellte Norbert an Graf Gernot gewandt fest.

»Ich hoffe, ich brachte Euch dadurch nicht in Verlegenheit!«, erwiderte Gernot.

»Ich muss gestehen, dass unsere Vorbereitungen um ein Haar nicht abgeschlossen gewesen wären.«

»Ich danke Euch jedenfalls für Eure Gastfreundschaft, Baron Norbert!«

»Sie sei Euch von Herzen gewährt, Graf!«

»Daran hatte ich nie einen Zweifel.«

Wolfram fiel einer der Ritter auf, der zur Schar des Grafen gehörte. Das dunkle Haar bedeckte seine Stirn. Ein pechschwarzer Schnauzbart gab seinem Gesicht zusätzlich ein düsteres Aussehen. Sein linkes Auge wurde von einer schwarzen Filzklappe bedeckt.

Er hatte es im Kampf verloren und dabei Glück gehabt, zu überleben. Ein Pfeil hatte ihn getroffen. Auch diese Geschichte war an den langen Winterabenden oft genug erzählt worden. Daher kannte Wolfram auch den Namen des Einäugigen, dem er bislang noch nie persönlich begegnet war. Sein Name war Erich von Wendlingen und es hieß, er sei der Auffassung, dass ihm ein eigenes Lehen zustünde.

Aber Graf Gernot hatte derzeit keines zu vergeben. Die einzige Möglichkeit, Erich zufrieden zu stellen, wäre, den anderen Vasallen des Grafen etwas von ihrem Besitz wegzunehmen. Das barg ein großes Risiko in sich und dazu fehlte Graf Gernot der Mut. Schließlich bestand die Gefahr, dass die dadurch verärgerten Vasallen ihm im Kriegsfall nicht mehr folgen würden.

Erich stieg von seinem Pferd ab. Sein Blick glitt über die hohen Burgmauern des äußeren Rings. »Ein prächtiger Bau!«, musste er ehrlich zugeben.

Erich von Wendlingen war zum ersten Mal an diesem Ort. Bei den vorhergehenden Besuchen des Grafen auf Wildenstein war Erich bisher nicht dabei gewesen. Stets hatte man ihn während dieser Zeit mit irgendeiner besonders wichtigen Aufgabe betraut. Und davon gab es viele für den Einäugigen. Erich genoss nämlich das volle Vertrauen von Graf Gernot.

Pferdeknechte nahmen die Reittiere in Empfang.

Der Burgherr war in intensive Gespräche mit seinen Gästen verwickelt, die die Errichtung des Turnierplatzes vor der Burg bewunderten.

»Ich glaube nicht, dass es wegen unserer Extrarunde noch irgendwelchen Ärger geben wird«, raunte Ansgar seinem Freund ins Ohr. »Sieh nur unseren von allen so gefürchteten Herrn an! Richtig charmant gibt er sich!«

»Er wird alle Hände voll zu tun haben, um sich gebührend um seine Gäste zu kümmern«, meinte Wolfram.

»So ist es! Mögen diese Gäste lange auf Burg Wildenstein weilen, auf dass unser Fehltritt inzwischen längst vergessen sein wird!«

Wäre es nach Graf Gernot gegangen, hätten es sich die Ankömmlinge erst einmal richtig gut gehen lassen dürfen. Eine warme Mahlzeit und vielleicht sogar ein heißes Bad, so hatte Gernot sich das vorgestellt.

Doch seine Frau war der Ansicht, dass zuallererst das Evangeliar aus dem Kloster geholt werden müsste. Davon ließ sie sich auch durch noch so energische Einwände ihres Mannes nicht abbringen. Sie bestand darauf, dass das Evangeliar herbeigeholt werden müsste, damit sie es in den Händen halten könnte. Schließlich hätte sie vor Gott ein Versprechen gegeben und könnte sich jetzt unmöglich an einem Festbankett oder einem Turnier erfreuen, solange sie nicht das Buch in den Händen gehalten hätte.

»Versteh doch bitte, wie wichtig das für mich ist!«, bettelte sie.

»Das tue ich ja!«

»Ein Bad kannst du sicher auch später noch nehmen – oder ganz darauf verzichten. Du weißt, was der Arzt auf unserer heimatlichen Tannburg darüber sagt …«

Graf Gernot nicke. Oft genug hatte er sich die Meinung seines Arztes anhören müssen. Er glaubte, dass Baden schädlich und an der Übertragung ansteckender Krankheiten schuld sei. Zur Eindämmung schlechter Gerüche empfahl er Räucherkerzen und Duftstoffe.

»Und du weißt, dass ich nicht viel von diesem Arzt halte«, wandte Graf Gernot ein.

»Er hat meine Mutter von ihrer Lungenkrankheit geheilt«, gab die Gräfin zu bedenken. »Hast du das vergessen?«

»Natürlich nicht.«

Graf Gernot war bekannt dafür, dass er seiner Frau jeden Wunsch zu erfüllen versuchte. Also bat er Baron Norbert, ihn mit einigen seiner Mannen nach St. Ingbert zu begleiten, um das Buch mit den sieben Siegeln zu holen.

»Ihr Wunsch ist mir Befehl, Graf!«, erwiderte Baron Norbert pflichtschuldig. »Der Rest Eurer Männer sollte inzwischen den Goldschatz, den Ihr zur Bezahlung mitführt, in meiner Schatzkammer lagern, damit kein Dieb in die Versuchung kommt, sich daran zu bereichern.«

»Das ist ein guter Vorschlag! – Ich habe noch eine weitere Bitte, Baron Norbert!«

»Äußert sie freiheraus! Wenn immer es in meiner Macht steht, werde ich sie erfüllen«, war die Antwort des Burgherrn von Wildenstein.

»Ein Knappe und ein Page aus Euren Reihen wurden von meinen Männern irrtümlich als Strauchdiebe gefangen genommen ...«

»Wolfram und Ansgar ...«, murmelte Baron Norbert. »Ferdinand erwähnte mir gegenüber diesen Vorfall ...«

»Ich möchte den Schrecken, den meine Leute den beiden eingejagt haben, wieder gutmachen«, erklärte Graf Gernot in gedämpftem Tonfall, weil er nicht wollte, dass seine Worte von aller Welt gehört wurden. »Wenn Ihr die beiden dem Reitertrupp zuordnen würdet, der uns zum Kloster begleitet und für die Sicherheit des Buches sorgt, dürfte das diese Jungen sehr glücklich machen.«

»Sie würden damit vor allen anderen ausgezeichnet, obwohl sie bei der Erledigung einer Botschaft offensichtlich ziemlich weit vom Weg abkamen«, erklärte Baron Norbert. Er hatte Wolfram und Ansgar deswegen zwar bis jetzt nicht getadelt, aber ihnen auch noch die Gelegenheit zu geben, sich unter den anderen Pagen und Knappen in den Vordergrund zu spielen, das ging doch etwas zu weit!

»Nun, es ist eine Bitte«, sagte Graf Gernot. »Natürlich werde ich Euch in der Führung Eures Burgvolks nicht hineinreden ...«

»Glaubt Ihr nicht, dass zumindest Wolfram noch reichlich jung dafür ist?«, wich der Baron der eigentlichen Entscheidung aus. »Schließlich ist er kein Knappe, der seinen Ritter auch bei gefährlichen Aufträgen zu begleiten hat, sondern nur ein Page!«

»Was ist schon dabei, ein Buch aus einer Klosterkammer zu holen?«

Baron Norbert atmete tief durch. Es fiel ihm sichtlich schwer, auf den Vorschlag seines Lehnsherrn einzugehen, aber schließlich rang er sich doch dazu durch und gab nach. Warum sollte er den Grafen unnötig vor den Kopf stoßen? Es war auch für Baron Norbert selbst besser, wenn sich sein Lehnsherr von Anfang an wohl auf Burg Wildenstein fühlte.

Wolfram und Ansgar freuten sich sehr, an dem Ritt teilnehmen zu dürfen.

»Ich frage mich allerdings, womit wir diese Auszeichnung verdient haben«, meinte Wolfram. »Eigentlich hatte ich mit etwas ganz anderem gerechnet.«

»Seien wir einfach froh darüber, dass die ganze Sache so glimpflich für uns verlaufen ist«, erwiderte Ansgar.

Die beiden Jungen fanden sich mit frischen Pferden am Burgtor ein, wo der Reitertrupp sich sammeln sollte. Ansgar trug natürlich sein Kurzschwert. Wolfram stellte fest, dass sein Freund viel aufrechter im Sattel saß als sonst.

Sechs Ritter begleiteten den Grafen, darunter auch der einäugige Erich von Wendlingen. Baron Norbert ließ sich ebenfalls von sechs Rittern begleiten. Dazu kamen noch Wolfram und Ansgar.

Die Männer gaben ihren Pferden die Sporen und ließen sie lospreschen. Es war das Ziel aller, so schnell wie möglich wieder zurück auf Burg Wildenstein zu sein, um dem großen Festbankett beizuwohnen, das zur Begrüßung der Gäste abgehalten werden sollte.

Es dämmerte bereits. Die Sonne sank hinter die Baumwipfel der nahen Wälder.

Gut eine Viertelstunde brauchte der Reitertrupp, bis die Klostermauern von St. Ingbert vor den Männern auftauchten. Am Tor wurden sie sogleich eingelassen.

Ein Mann, der einen Holzkarren schob, kam ihnen entgegen.

»Nanu!«, wunderte sich Wolfram. »Das ist doch Reinhard, der Abortreiniger von Burg Wildenstein!«

»Wahrscheinlich verdient er sich ein Zubrot damit, dass er auch die Toiletten des Klosters säubert!«

Es sah fast so aus, als würde sich der Aborteiniger ein wenig hinter seinem Wagen ducken. Wolfram nahm an, dass es ihm vielleicht nicht recht war, von seinem Burgherrn gesehen zu werden. Vermutlich hatte er ihn nämlich nicht um Erlaubnis gefragt, ob er sich im Kloster noch etwas hinzuverdienen dürfte.

Aber Baron Norbert hatte im Augenblick ohnehin keinen Blick für den Mann, dessen Beruf noch verachteter war als der des Henkers.

Die Reiter stiegen von ihren Pferden herab. Mönche kümmerten sich um die Tiere.

Abt Darenius, der Klostervorsteher, begrüßte die hohen Besucher höchstpersönlich. In seiner Begleitung befand sich Pater Ambrosius. Dieser zwinkerte Wolfram zu.

Seit er Wolfram bei ihrem letzten Treffen zugesagt hatte, ihm Lesen und Scheiben beizubringen, hatten sie sich nicht mehr gesehen. Es war einfach zu viel zu tun gewesen.

»Die Nachricht von Eurer Ankunft auf Wildenstein hat sich in der Gegend wie ein Lauffeuer verbreitet«, stellte Abt Darenius fest. »Allerdings hatte ich nicht damit gerechnet, dass Ihr das von Euch in Auftrag gegebene Evangeliar sofort in Augenschein zu nehmen wünscht, Graf Gernot.«

»Nun, meine Frau möchte das Evangeliar heute noch in ihren Händen halten. Daher wollen wir es jetzt schon abholen«, erklärte Graf Gernot. »Ich hoffe, dass Euch das nicht allzu viele Umstände macht!«

»O nein, natürlich nicht«, sagte Abt Darenius. »Das Buch ist fertig. Pater Ambrosius hat die von Euch in Auftrag gegebenen sieben Siegel angebracht.«

»Für die Entrichtung des vereinbarten Kaufpreises verbürge ich mich«, mischte sich Baron Norbert ein. »Die nötigen Geldmittel werden gerade in meine Schatzkammer geschafft und dort verschlossen, sodass sie jederzeit zum Kloster transportiert werden können.«

»Ein Preis, der das Bestehen unseres Klosters über Jahre hinweg sichern wird!«, freute sich Abt Darenius.

»Ich hoffe doch, dass ein gewisser Teil davon den Armen zugute kommt«, fügte Pater Ambrosius hinzu.

»Gewiss!«, versicherte Abt Darenius. »Schließlich sind wir Diener des Herrn und keine Marktschreier, die nur an ihren Gewinn denken.«

Der Klostervorsteher musterte den Grafen.

»Eure Gattin scheint ein besonderes Verhältnis zu diesem Buch zu haben«, stellte er nach einer kurzen Pause fest.

»Ich habe niemandem gegenüber ein Geheimnis daraus gemacht, dass meine Frau Margunda die eigentliche Auftraggeberin ist«, erklärte der Graf. »Ja, sie ist sehr fromm und versucht den Worten Gottes so gut es geht zu folgen.«

»Das tun wir auch – mal mit mehr Erfolg und mal mit weniger. Denn Sünder sind wir schließlich alle.« Abt Darenius deutete auf Pater Ambrosius. »Das Buch mit den sieben Siegeln ist vor einigen Tagen in Pater Ambrosius' Mönchszelle eingeschlossen worden. Pater Ambrosius ist der Einzige, der noch Zugang zu dem Buch hatte, nachdem er die Siegel anbrachte. Seitdem liegt es unberührt an seinem Platz hinter einer verschlossenen Tür, des Nachts bewacht von Pater Ambrosius' Schlaf! Ich werde Euch und Euer Gefolge dorthin führen!«

»Ich bitte darum«, nickte der Graf.

Abt Darenius verneigte sich leicht.

Das Licht von Pechfackeln warf flackernde Schatten auf die kalten Steinwände des Gewölbes.

Abt Darenius ging voran. Pater Ambrosius dicht hinter ihm, danach folgten Graf Gernot und Baron Norbert mit ihren Mannen. Wolfram und Ansgar mischten sich dazwischen. Niemand sagte ein Wort.

Die Schritte der Männer hallten in dem Gewölbe wider. Schließlich erreichten sie eine schwere, mit Eisen beschlagene Holztür.

Abt Darenius wandte sich um und streckte die Hand aus. »Gebt mir den Schlüssel, Pater Ambrosius!«

»Sehr wohl«, sagte dieser und griff an die einfache Kordel, die ihm als Gürtel diente. Daran hing ein Beutel, in dem er allerhand Kleinkram aufbewahrte. Daneben baumelte ein Bund mit Schlüsseln.

Ambrosius löste einen der Schlüssel und reichte ihn dem Klostervorsteher. Dieser steckte ihn ins Schloss, drehte ihn herum und öffnete dann knarrend die Tür. Mit der anderen Hand hielt er die Fackel.

Hinter der Tür lag eine kleine Kammer, in der nur ein einfaches Bett, ein Tisch und ein Schemel stand.

Das Gesicht des Klostervorstehers erbleichte.

Er trat in den Raum. Der Schein seiner Fackel fiel auf den Tisch.

Ungläubig wischte er mit der anderen Hand über das Holz. »Das Buch!«, rief er entsetzt. »Wo ist es?«

Ambrosius schluckte. Er öffnete halb den Mund, als wollte er etwas sagen. Aber kein Ton kam über seine Lippen. Seine Augen waren vor Schreck geweitet. Er trat vor, berührte die Tischplatte mit den Händen und schüttelte fassungslos den Kopf. »Es ist weg! Hier, genau hier hat es gelegen, nachdem ich es in diesen Raum gebracht hatte und die Tür verschloss!«

»Was soll das heißen?«, fragte Graf Gernot ziemlich ungehalten.

»Das Evangeliar muss gestohlen worden sein«, stellte Abt Darenius fest.

»Aus einem verschlossenen, fensterlosen Kellerverlies?«, fragte Graf Gernot mit beißendem Spott. »Das ist doch unmöglich!«

»In der Tat«, nickte der Abt, dem der Schreck ins Gesicht geschrieben stand.

Auch Baron Norbert war vollkommen fassungslos. »Wie viele Schlüssel gibt es, die zu diesem Raum passen?«, fragte er in scharfem Ton.

»Nur einen«, erklärte Abt Darenius. »Und der war im Besitz von Pater Ambrosius.« Der Klostervorsteher wandte sich nun an den völlig verblüfften Pater: »Dieser Raum ist Eure Wohnzelle – praktischerweise liegt sie direkt neben jenen Räumen, die Ihr für Eure alchimistischen Versuche nutzt. Kein Besucher verirrt sich hier herunter und selbst die meisten Mitbrüder unseres Ordens kennen sich in diesem Teil des Klostergebäudes kaum aus.«

Ambrosius schluckte. Fast Hilfe suchend wirkte sein Blick für Wolfram.

»Ich habe mit dem Verschwinden dieses Buches nichts zu tun«, sage er. Seine Stimme klang dabei sehr schwach. Lagen denn die Tatsachen nicht auf der Hand?

»Mit Eurem Schlaf wolltet Ihr das Buch der sieben Siegel bewachen, Ambrosius«, tadelte der Klostervorsteher. »Den einzigen Schlüssel trugt Ihr stets bei Euch! Außerdem habt Ihr seit Wochen kaum das Tageslicht gesehen, habt gerade einmal die Gebetszeiten in der Kapelle eingehalten, die unsere Ordensregeln vorschreiben. Wer, bitte schön, hätte denn eine Gelegenheit gehabt, das Buch an sich zu nehmen, Pater? Wer?« Ambrosius wollte etwas erwidern. Aber Abt Darenius schnitt ihm das Wort ab. »Redet Euch nicht um Kopf und Kragen, Ambrosius.«

»Ich sage die Wahrheit, wie die Gebote unseres Herrn es vorschreiben!«, verteidigte sich Ambrosius. »Weshalb sollte ich denn das Buch verschwinden lassen? Als Mönch habe ich mich zur Armut verpflichtet. Nach diesem Grundsatz lebe ich. Ich brauche nichts außer dem, was mir das Kloster gibt.«

»Ich nehme nicht unbedingt an, dass Ihr das Evangeliar genommen habt um es zu verkaufen«, meinte Abt Darenius.

Der Pater stemmte die Hände in die Hüften. Er war fassungslos. »So, weshalb denn dann?«

Abt Darenius sah dem Pater direkt in die Augen. »Ihr seid ein Büchernarr, wie es so schnell keinen zweiten gibt, Ambrosius!«

»Was hat das mit dem Verschwinden des Buches zu tun?«

»Nun, vielleicht konntet Ihr den Gedanken nicht ertragen, dass dieses so außergewöhnlich gearbeitete Buch unsere Klostermauern verlässt und damit nicht mehr in Eurer Reichweite wäre!«

»Das ist absurd!«

»Es würde mich nicht wundern, wenn Ihr das Buch einfach irgendwo in diesen verwinkelten Kellern versteckt hättet, Ambrosius!«

»Dann lasst doch jedes Loch in diesem Kloster gründlich absuchen!«, erwiderte Ambrosius aufgebracht.

»Das werden wir tun!«, erwiderte der Klostervorsteher. »Ganz gewiss!«

Baron Norbert konnte sich nun nicht länger zurückhalten. »Nehmt Ambrosius in Gewahrsam!«, befahl er seinen Männern. »Wir werden schon herausbekommen, wo das Buch der sieben Siegel geblieben ist!«

Aber Abt Darenius widersprach: »Ihr vergesst, dass Pater Ambrosius nicht Eurer Gerichtsbarkeit untersteht, sondern dem Gericht der Kirche!«

Wut und Verzweiflung über das Verschwinden des wertvollen Buches waren Baron Norbert deutlich anzusehen. Hatte er nicht alles getan, um für die Sicherheit seiner Gäste und ihres Besitzes zu sorgen? Zwar war dieser Diebstahl innerhalb der Klostermauern geschehen, wo der Burgherr von Wildenstein nur eingeschränkte Rechte hatte. Dennoch würde man letzten Endes ihm das Ganze als Versagen ankreiden.

»Diese Spitzfindigkeiten sind mir im Moment gleichgültig!«, schimpfte er.

Wolfram erschrak. Noch nie zuvor hatte er den Burgherrn so unbeherrscht und wütend erlebt. Das Verschwinden des Buches traf ihn offenbar bis ins Mark. Wie blamiert stand der Baron jetzt vor seinem Lehnsherrn da!

»Taucht ihn so lange unter Wasser, bis er gesteht, was er getan hat!«, schimpfte er. »Unser Kerkermeister auf Wildenstein wird das gerne übernehmen!«

»Ich rate Euch, lasst es nicht auf einen Konflikt mit der Kirche ankommen«, erwiderte Abt Darenius in sehr strengem Ton, den sich wohl außer Graf Gernot nur der Klostervorsteher gegenüber dem Burgherrn herausnehmen durfte. »Ambrosius bleibt hier. Wir sperren ihn in seine eigene Klosterzelle. Mag es dem Buch auf geheimnisvolle Weise gelungen sein, diese Zelle zu verlassen – Ambrosius wird dasselbe nicht gelingen, dafür verbürge ich mich.«

Baron Norbert dachte einen Augenblick lang nach. Schließlich nickte er. »Ich bin einverstanden, aber ich bestehe darauf, dass zwei meiner Burgmannen sich hierher begeben werden und den Gefangenen bewachen. Tag und Nacht.«

»Gut«, stimmte Abt Darenius zu.

Pater Ambrosius wurde in seine Zelle gestoßen, der Schlüssel hinter ihm umgedreht.

Wolfram konnte sich beim besten Willen nicht vorstellen, dass der Pater zu einem Diebstahl, wie er ihm vorgeworfen wurde, fähig wäre.

»Ich glaube nicht, dass Ihr schuldig seid, Pater!«, rief Wolfram von außen durch die Tür. »Ihr könnt Euch auf mich verlassen! Ich werde versuchen Euch zu helfen!«

»Halte dich da besser heraus, Wolfram!«, antwortete der Pater. »Die Wahrheit wird schon ans Tageslicht kommen!«

»Vorausgesetzt man sucht auch nach ihr!«, rief Wolfram.

Baron Norbert sah Wolfram mit einem strengen Blick an. »Komm jetzt, Page!«, forderte er rau. Es gefiel ihm nicht, dass Wolfram für den beschuldigten Pater Partei ergriff.

Sie gingen zurück ins Freie. Wolfram und Ansgar waren die Letzten.

Das Geschehene kam Wolfram wie ein furchtbarer Albtraum vor. Pater Ambrosius – ein gemeiner Dieb, der das unsagbar wertvolle Evangeliar einfach hatte verschwinden lassen? Wolfram konnte das einfach nicht glauben.

»Ich weiß gar nicht, was du hast«, raunte Ansgar dem Jüngeren zu. »Es sieht doch wirklich so aus, als wäre es der Pater gewesen.«

»Du kennst ihn nicht so gut wie ich!«, stellte Wolfram klar. »Sonst würdest du nicht einmal im Traum daran denken, dass Pater Ambrosius etwas mit einem so schändlichen Diebstahl zu tun haben könnte!«

»Du wärst nicht der Erste, der sich in einem Menschen täuscht«, gab Ansgar zu bedenken. »Und nur weil er ein Geistlicher ist, heißt das noch lange nicht, dass er nichts Schlechtes tun könnte! Der Satan versuchte selbst Jesus auf seine Seite zu ziehen! Erinnerst du dich nicht an die Geschichten, die der Burggeistliche immer erzählt?«

»Gewiss«, nickte Wolfram. »Aber mit Ambrosius ist das etwas anderes. Ich vertraue ihm. Außerdem ist er nun wirklich nicht am Erwerb von Reichtum interessiert.«

»Und wenn es so ist, wie Abt Darenius meint?«

»Dass Ambrosius dermaßen vernarrt in dieses Buch ist und es deshalb nicht mehr hergeben will?« Wolfram schüttelte entschieden den Kopf. »Das ist doch barer Unsinn.«

»Nach dem, was du so über den Pater erzählt hast, könnte ich mir das schon vorstellen, Wolfram!«

»Das ist doch verrückt, Ansgar!«

»Und weshalb?«

»Erstens hat er hier im Kloster mehr als genug Bücher zur Verfügung, darunter auch Bibelabschriften in verschiedenen Sprachen. Er hat hier Zugang zu mehr Büchern, als sich an irgendeinem anderen Ort in einem Umkreis von mehr als hundert Meilen befinden. Und zweitens …«

»Da bin ich aber gespannt!«

»Die Mönche verdienen doch einen erheblichen Teil der

Klostereinkünfte mit dem Verkauf von kunstvoll gestalteten Bibelhandschriften. Das ist seit vielen Jahren so und offenbar war die Bücherliebe des Paters bisher auch nie so groß, dass er das betreffende Exemplar einfach verschwinden ließ!«

Ansgar atmete hörbar aus. Es klang beinahe wie ein ziemlich ratloses Seufzen. »Zugegeben, du kennst den Charakter dieses Paters besser als ich. Aber andererseits muss es eine vernünftige Erklärung dafür geben, wie das Buch mit den sieben Siegeln aus dem verschlossenen Zimmer gelangt ist!«

»Ja, ich weiß, dass alles gegen Ambrosius spricht. Aber ich bin überzeugt davon, wir tappen nur deshalb im Dunkeln, weil wir einfach noch nicht die volle Wahrheit kennen!«

Draußen angekommen entschuldigte sich der Abt noch einmal bei Graf Gernot und versicherte, dass er nie geahnt hätte, welch schändlicher Charakter in dem festgenommenen Pater stecke.

»Ich habe diesem Mann vertraut. Er ist seit vielen Jahren Mitglied unserer Gemeinschaft. In meinen schlimmsten Albträumen hätte ich nicht vermutet, dass ausgerechnet dieser so vielseitig begabte Mann zu einer derartigen Tat fähig sein könnte!«

»Der Mensch vermag nicht in die Seele eines anderen hineinzublicken«, sagte Baron Norbert versöhnlich. »Das vermag nur Gott.«

»Bevor wir zur Burg zurückkehren, müssen wir überlegen, was zu tun ist«, fand Ferdinand von Walden.

Baron Norbert nickte. Sein Blick war düster und nachdenklich. »Sowohl das Festbankett als auch das Turnier sollte man unter diesen Umständen wohl am besten absagen«, meinte der Burgherr. »Jedenfalls ist mir im Moment nicht nach Feiern zumute.«

»Mir geht es ähnlich!«, knurrte Rüdiger von Kleinfeld, der zu den Rittern des Grafen Gernot gehörte. »Erst muss der Halunke ergriffen werden, der das Buch in seine Gewalt brachte! Oder wie seht Ihr das, Graf Gernot?«

Graf Gernot zögerte einen Augenblick zu lange. Ein anderer kam ihm daher mit seiner Antwort zuvor: »Ihr dürft weder das Turnier noch das Bankett absagen«, mischte sich Wolfram ein. Schon im nächsten Moment biss er sich auf die Zunge und verwünschte sich dafür, einfach seine Gedanken über die Lippen gelassen zu haben.

»Sei still! Seit wann reden Kinder mit, wenn erwachsene Männer sich beraten!«, fuhr ihm Baron Norbert ärgerlich über den Mund.

»Seine Meinung zu sagen sollte ein jeder zukünftige Ritter lernen«, wandte jedoch Graf Gernot ein. »Entscheiden müssen natürlich wir.« Er wandte sich Wolfram zu, der sich so frech erdreistet hatte, an unpassender Stelle das Wort zu ergreifen. »Ich möchte gerne hören, was du zu sagen hast!«

Alle Augen waren nun auf Wolfram gerichtet. Ein dicker Kloß saß ihm im Hals. Mit vielem hatte er gerechnet – aber nicht damit! »Scheinbar geht hier jeder davon aus, dass Pater Ambrosius der Dieb war!«

»Du musst zugeben, der Fall sieht ziemlich klar aus.«

»Was jedoch, wenn er es nicht war? Pater Ambrosius' Schuld mag Euch offensichtlich vorkommen, aber sie ist noch nicht bewiesen. Wenn es indes ein anderer war, so glaube ich, dass diese Person sich entweder im Kloster oder auf der Burg aufhält. Mag es nun einer von den Mannen des Barons oder denen des Grafen sein, das ist einerlei! Sobald er sich davonmacht, wird das auffallen. Aber falls das Bankett und das Turnier abgesagt werden, wird es niemandem mehr auffallen, dass möglicherweise einer der Ritter zu seinem Gut zurückreitet, wenn die Gaukler weiterziehen. Auch die Mannen des Grafen werden sich auf den Rückweg machen. Irgendwer unter den vielen Menschen, die zum Bankett kommen oder dem Turnier beiwohnen wollen, muss dem Täter zumindest geholfen haben!«

»Deine Gedanken sind logisch«, erkannte Graf Gernot an. »Wir sollen also feiern, als ob nichts gewesen wäre?«

»Genau das!«, bestätigte Wolfram. »Dann wiegt sich der Dieb in Sicherheit.«

Graf Gernot kratzte sich am Kinn. Er überlegte einen Moment. Eine tiefe Furche bildete sich mitten auf seiner Stirn.

Baron Norbert spürte, dass sein Lehnsherr den Vorschlag dieses Pagen ernsthaft erwog. Also verzichtete der

Burgherr von Wildenstein darauf, Wolfram noch einmal wegen seines unverschämten Verhaltens zu tadeln.

»Ihr habt einen hellen Kopf unter Euren Pagen, Baron«, stellte Graf Gernot schließlich anerkennend fest. »Gewiss wird er Euch in der Zukunft noch gute Dienste leisten.«

»Gewiss, mein Graf.«

»Ich halte den Vorschlag für gut«, fuhr Graf Gernot dann fort. »Allerdings funktioniert er nur unter einer Bedingung: Niemand aus dem Kreis der Männer, die hier und jetzt anwesend sind, darf auch nur ein Sterbenswörtchen über das weitererzählen, was sich hier zugetragen hat.«

»Unsere Lippen sind versiegelt!«, erklärte Ferdinand von Walden beinahe feierlich, straffte sich und legte dabei die rechte Faust an die linke Schulter.

»Für mich gilt dasselbe!«, beeilte sich Erich von Wendlingen zu versichern. »Schweigen ist Treue! Es wird mir kein einziges unbedachtes Wort über die Lippen kommen, dessen könnt Ihr versichert sein, Graf Gernot.«

»Gut«, war dieser zufrieden.

»Wenn ich noch etwas sagen dürfte, mein Graf«, begann der Einäugige von neuem.

»Nur zu, äußert Eure Meinung, Ritter Erich. In diesem schweren Augenblick müssen wir alle zusammenstehen!«

»Wie die meisten von uns gehe ich davon aus, dieser Pater ist tatsächlich der Dieb, den wir suchen. Aber wäre es nicht möglich, dass er nur im Auftrag handelte und Helfer hatte? Jemanden, der ihm beispielsweise beim Verstecken des Evangeliars behilflich sein konnte? Er muss doch gewusst haben, wie leicht er in Verdacht geraten könnte und dass die Mönche vermutlich jeden Winkel des Klosters sofort durchsuchen würden.«

»Ihr meint, man wird das wertvolle Buch dort nicht finden?«

»Wenn dieser Pater Ambrosius nur halb so schlau ist, wie man sein muss um Lesen und Schreiben zu lernen, hat er sicher dafür gesorgt, dass man das Buch der sieben Siegel niemals innerhalb des Klosters findet.«

»Was schlagt Ihr vor, Erich?«, fragte Graf Gernot.

»Ich bin dafür, sämtliche Räumlichkeiten auf Burg Wildenstein und das Gepäck aller Gäste zu durchsuchen. Dasselbe gilt natürlich für die Mauern des Klosters! Es mag zwar nicht der Gerichtsbarkeit der Burgherren von Wildenstein unterstehen, doch wenn Abt Darenius nichts zu verbergen hat, wird er unseren Mannen gestatten sich auch dort umzusehen!«

»Das muss aber durch einen Kreis Eingeweihter geschehen«, stellte Graf Gernot fest. Er blickte in die Runde – zuletzt auch zu Ansgar und Wolfram. »Ich gehe davon aus, dass ich auf jeden in dieser Runde zählen kann.«

Zustimmendes Gemurmel tönte ihm entgegen.

Der Graf gab Wolfram einen Klaps auf die Schulter. »Du hattest eine gute Idee, Wolfram von Hauenfels!«, stellte er fest. »Aber bedenke in Zukunft, dass zur Bildung eines Ritters auch die höfliche Form gehört! Und zwar gerade in Situationen, in denen man gerne unbeherrscht den Gefühlen nachgeben möchte!«

»Ich werde es mir merken, mein Graf«, sagte Wolfram und verneigte sich tief.

Baron Norbert machte eine wegwerfende Handbewegung. »Ach, der wird genauso eigensinnig wie sein Vater!«, knurrte er.

Es war schon beinahe dunkel, als die Reiterschar nach Burg Wildenstein zurückkehrte.

Die Vorbereitungen für das Festbankett waren so gut wie abgeschlossen.

Vor Graf Gernot lag eine schwierige Aufgabe. Er musste seine Frau, Gräfin Margunda, davon überzeugen, dass auch sie nichts über den Diebstahl des Evangeliars nach außen dringen lassen durfte. Darüber hinaus konnte sich der Graf natürlich ihre große Enttäuschung vorstellen.

Wolfram unterdrückte ein Gähnen, als er vom Pferd stieg. Ein anstrengender Tag lag bereits hinter ihm, aber auf dem Bankett würde er noch die hohen Herrschaften bedienen müssen. Das erwartete man von ihm.

Gemeinsam mit Ansgar führte er sein Pferd zum Stall.

Unterwegs kamen sie am Gesindehaus vorbei, einem einfachen Fachwerkhaus, in dem auch die Küchenkinder untergebracht waren. Früher hatten sie einfach auf dem Küchenboden schlafen müssen, aber Baronin Margarete, die sehr gerührt von dem Schicksal der Waisen war, hatte so lange auf ihren Mann eingeredet, bis dieser eingewilligt hatte ein Haus für sie zu bauen.

Dort traf er Maria. Er blieb stehen, während sie auf ihn zukam. Kaspar war bei ihr und wedelte mit dem Schwanz.

Wolfram gab dem Mädchen die Zügel des Pferdes in die Hand und begrüßte den Streuner.

»Na, wie geht's ihm denn?«, fragte er.

»So gut wie schon lange nicht mehr!«, antwortete Maria. »In der Küche ist so viel übrig, dass es fast nicht zu glauben ist! Selbst wir Küchenkinder haben schon Bauchschmerzen von dem vielen Essen! Und für den Hund bleibt natürlich auch noch genug!«

»Kein Wunder, dass ich Kaspar in letzter Zeit kaum gesehen habe!«, meinte Wolfram und grinste. »Der Schlaumeier hält sich lieber an dich, weil er genau weiß, dass du an der Knochenquelle sitzt!«

»Es kommen sicher auch wieder andere Zeiten, in denen uns allen der Magen knurrt. Jetzt wird alles mit vollen Händen auf den Tisch geworfen, weil der Burgherr damit Eindruck machen will! Aber später wird es uns fehlen und selbst die hohen Herrschaften werden den Gürtel wieder enger schnallen müssen!«

Ansgar war ebenfalls stehen geblieben. Er beobachtete Maria und Wolfram.

»Du brauchst nicht zu warten, Ansgar. Ich komme nach!«

Ansgar zuckte die Schultern. »Lass dich nur von Thomas, diesem Speichellecker, nicht erwischen. Er wird dich sonst wieder bei der Burgherrin melden!«

»Ich passe schon auf!«

Während Ansgar sein Pferd davonführte, platzte es aus Maria heraus: »Was hat dein Freund bitte schön gemeint?«

Wolfram überlegte kurz. Eigentlich hatte er Maria gegenüber gar nichts erwähnen wollen. Aber jetzt hatte es keinen Sinn, weiter zu schweigen. In knappen Worten berichtete er ihr, warum er von der Burgherrin persönlich zurechtgewiesen worden war.

Marias Gesicht lief rot an. »Das Schlimme ist, dass Baronin Margarete sogar Recht hat«, sagte sie. »Wir gehören verschiedenen Ständen an und ein rechter Umgang für dich bin ich sicherlich nicht!«

»Ich unterhalte mich aber gerne mit dir und es ist mir ziemlich gleichgültig, was die Burgherrin davon denkt.«

»Ich möchte nicht, dass du Ärger bekommst, Wolfram.«

»Den halte ich schon aus«, widersprach der Page. »Außerdem ist meine Burgherrin wohl in erster Linie darüber besorgt, meine Eltern könnten meine Erziehung in dieser Burg gering schätzen, sobald herauskäme, dass ich mich mit Angehörigen niederer Stände abgebe!« Wolfram schüttelte den Kopf. »Mach dir keine Sorgen. Das eigentliche Problem ist dieser Thomas, der es wohl irgendwie auf mich abgesehen hat!«

»Wenn du meinst ...«

Wolfram druckste etwas herum. Er wollte Maria gerne von dem verschwundenen Evangeliar erzählen. Schließlich bekam sie als Küchenmädchen sicherlich viele Gerüchte mit, die unter den einfachen Leuten auf der Burg im Umlauf waren. Und wenn sie sich ein wenig umhörte, konnte sie vielleicht etwas erfahren. Andererseits hatte er auch geschworen, mit niemandem über diese Sache zu sprechen.

»Was ist los?«, fragte Maria. »Du bist irgendwie so ... eigenartig!«

Wolfram atmete tief durch. »Ich kann dir doch vertrauen, oder?«

»Sicher.«

»Dann hör mir genau zu. Was ich dir jetzt sage, dürftest du eigentlich gar nicht erfahren. Ich erzähle es dir aber trotzdem, weil du vielleicht etwas aufschnappst, was uns helfen könnte.«

»Uns?«, fragte Maria verwirrt. »Um ehrlich zu sein verstehe ich im Moment überhaupt nichts.

»Wir – das sind in erster Linie Pater Ambrosius und ich. Ambrosius ist nämlich in einer verzweifelten Lage und ich möchte ihm gerne helfen.«

In knappen Sätzen berichtete Wolfram Maria, was sich hinter den Mauern des nahen Klosters St. Ingbert zugetragen hatte. Maria hörte atemlos zu.

»Ich vertraue dir«, sagte Wolfram zum Schluss. »Wenn du irgendetwas von dem, was ich dir gesagt habe, verraten solltest, bin ich wirklich dran!«

»Ehrenwort, ich sage nichts!«, schwor sie.

»Baron Norbert ist im Moment sowieso nicht allzu gut auf mich zu sprechen. Ich müsste vielleicht sogar die Burg verlassen und nach Hause zurückkehren. Eine Riesenschande für meine ganze Familie ...«

»Ich sagte doch: Ich werde nichts verraten. Oder hältst du mich für ein Tratschweib?«

»Nein, natürlich nicht. Also, hör dich um. Vielleicht bekommst du irgendetwas mit.«

»Du kannst auf mich zählen«, versprach Maria.

»Gut.«

Das Festbankett war in vollem Gange. Die Gäste saßen streng ihrer Rangfolge entsprechend an den Tischen. Es wurden gerade Wein, Fleisch und Früchte gereicht.

Graf Gernot und seine Frau Margunda verspäteten sich etwas. Offenbar hatte der Graf etwas länger auf seine Frau einreden müssen um sie davon zu überzeugen, nichts über den Diebstahl verlauten zu lassen.

Die Stimmung im großen Saal des Palas schien insgesamt etwas gedrückt.

Wolframs Aufgabe war es, den Rittern und hohen Herrschaften den Wein nachzuschenken. Er würde erst später essen können, aber das machte ihm nichts aus. Aufmerksam verfolgte er die Unterhaltungen der Erwachsenen in der Hoffnung, doch noch irgendwo einen Hinweis aufzuschnappen, der ihn vielleicht weiterbrachte.

Eine Gauklertruppe trat auf und verbesserte die Stimmung sichtlich. Die Gaukler tanzten in ihren bunten Kostümen durch den Raum, machten Saltos aus dem Stand und zogen Grimassen.

Im Lauf der Zeit sprachen die Bankettgäste immer mehr dem Wein zu, was ihre Stimmung sichtlich lockerte. Bald erfüllten herzhaftes Gelächter und Stimmengewirr den Raum.

Unter den Gästen befand sich auch der Kerkermeister von Burg Wildenstein. Er saß auf einem der hinteren Plätze, da er in der Rangfolge deutlich unter den Burgmannen, den Fuhrleuten, Mägden und Gärtnern kam. Allerdings stand er immer noch ein ganzes Stück über den leibeigenen Bauern oder den Abortreinigern. Letztere hatten ein so geringes Ansehen, dass sie zum Bankett überhaupt nicht eingeladen waren.

Mutig ging Wolfram auf den Kerkermeister zu und schenkte ihm Wein nach.

Eigentlich hatte jemand wie der Kerkermeister selbst dafür zu sorgen, dass sein Krug voll war, und keinerlei Anspruch auf irgendeine Bedienung. Schließlich konnte er froh sein, im großen Festsaal zu Anlässen wie diesem überhaupt geduldet zu werden.

Der Kerkermeister, ein grobschlächtig wirkender, breitschultriger Mann mit kräftigen Armen, sah Wolfram erstaunt an. »Womit habe ich das denn verdient, junger Herr?«

»Ich brauche eine Auskunft von dir, Kerkermeister«, kam Wolfram gleich zur Sache.

»Von mir?« Der Kerkermeister lachte, trank seinen Krug aus und hielt ihn Wolfram erneut hin.

»Ich nehme an, in deinem Beruf hat man viel mit Schlössern und Schlüsseln zu tun?«, sagte Wolfram.

»Das ist gewiss der Fall. Aber ich frage mich, was dich das interessiert!«

»Angenommen, jemand müsste ein Schloss öffnen, dessen Schlüssel er nicht besitzt. Was könnte man da tun?«

Der Kerkermeister grinste. »Am besten, man macht sich einen Wachsabdruck des Originalschlüssels und stellt eine Kopie her. Ein geschickter Feinschmied kann so etwas.«

»Und wenn kein Originalschlüssel zur Verfügung steht, von dem man einen Abdruck machen könnte?«, hakte Wolfram nach. »Was macht man dann?«

Der Kerkermeister wartete mit seiner Antwort, bis Wolfram ihm abermals den Weinkrug gefüllt hatte. »Ah, ich verstehe«, sagte er dann. »Du meinst, wenn man seinen Schlüssel verloren hat!«

Oder man ein Dieb ist und nicht an ihn herankommt, ging es Wolfram durch den Kopf. Aber das sagte er natürlich nicht laut, da er keinesfalls den Argwohn des Kerkermeisters wecken wollte. »Genau!«, meinte er daher.

Der Kerkermeister beugte sich etwas vor. »Dafür gibt es ganz besondere Schlüssel. Man nennt sie Dietriche und sie passen in beinahe jedes Schloss hinein. Zumindest wenn sie jemand gefertigt hat, der sich darauf versteht.«

»Wer könnte das sein?«

»Du kennst die Wassermühle vom alten Heinrich?«

»Ja, die kenne ich.«

»Nebenbei betätigt er sich als Löffelmacher, fertigt Nadeln und Nägel und anderes Kleinzeug aus Eisen. Den würde ich fragen!«

Ja, dachte Wolfram. *Und vielleicht bin ich nicht der Ers-*

te, der den alten Heinrich nach einem Dietrich fragt! Es war gut möglich, dass auch der wahre Dieb des Evangeliars einen derartigen Wunderschlüssel besaß und damit in die Zelle von Pater Ambrosius eindringen konnte!

»Ich danke dir für deine Auskünfte!«, wandte sich Wolfram noch einmal an den Kerkermeister. »Um einen Gefallen muss ich dich noch bitten!«

»Und der wäre?«

»Erzähle niemandem, wonach ich dich gefragt habe!«

»Weißt du, wenn ich jetzt selber aufstehen muss, um mir frischen Wein zu holen, komme ich wahrscheinlich an vielen Menschen vorbei, die mich in ein Gespräch verwickeln und …« Der Kerkermeister schwieg, als Wolfram ihm den Rest seiner Weinkaraffe in den Krug schüttete.

»Hey, was ist das denn, Page?«, rief einer der Ritter. »Den ganzen Traubensaft für den Kerkermeister?«

»Ich komme schon!«, versicherte Wolfram.

Maria hielt einen Korb in den Händen, in dem sich ein kleiner Imbiss befand. Die Burgherrin – sie hatte das Festbankett bereits verlassen – hatte über einen Laufburschen in der Küche nach ein paar Köstlichkeiten verlangt, die man ihr ins Zimmer bringen sollte.

Gegenwärtig schlief die Burgherrin Margarete nicht in

der Kemenate, dem beheizbaren Frauengemach. Baron Norbert und seine Frau hatten ihre eigenen Räume und Betten ja für Graf Gernot und seine Gemahlin freigemacht. Sie schliefen jetzt in einem Gästezimmer, das in dem Turm lag, der an den Palas angrenzte. Hier hatten schon des Öfteren fahrende Ritter und Sänger gewohnt, die sich meistens für die kalten Wintermonate eine feste Bleibe suchten.

Über diesem Gästezimmer, das auch Sängerzimmer genannt wurde, befand sich das Turmzimmer. Von dort aus hatte man eine fantastische Aussicht über das gesamte Umland.

Im Fall eines bevorstehenden Angriffs auf die Burg konnte Baron Norbert mit seinen Rittern und Burgmannen von dort die Lage am besten überblicken.

Ansonsten wurde dieses Zimmer kaum benutzt. Die Fenster waren verhältnismäßig groß und es gab weder Glasscheiben noch Fensterläden, sodass es sehr zugig war und sich niemand länger dort aufhielt als unbedingt notwendig.

Maria machte sich also auf den Weg zum Sängerzimmer, in das sich die Burgherrin zurückgezogen hatte.

Das Mädchen klopfte an.

»Wer ist da?«, fragte die Burgherrin.

»Ich bin es! Maria aus der Küche. Ihr hattet um ein paar Leckerbissen gebeten!«

»Tritt ein, Maria!«

Maria ordnete etwas ihre Haare und öffnete die Tür, die dabei furchtbar knarrte. Sie trat ein.

»Stell deinen Korb auf den Boden«, wies die Burgherrin sie an.

Maria gehorchte. »Habt Ihr noch einen Wunsch, Baronin?«, fragte sie.

»Du kannst gehen!«, war die knappe Antwort. »Und schließ die Tür hinter dir!«

»Ja, Herrin.« Maria verließ das Sängerzimmer. Die Tür fiel ins Schloss.

Sie war die Treppe ein paar Stufen hinuntergelaufen, da hörte sie von oben ein Geräusch.

Schritte!

Wer um alles in der Welt hatte um diese Zeit etwas im Turmzimmer zu suchen?

Die Schritte kamen näher. Maria drückte sich auf dem nächsten Treppenabsatz in den Schatten einer Ecke. Sie presste die Lippen aufeinander und wartete ab.

Eine Gestalt kam rasch von oben heran, immer mehrere Stufen auf einmal nehmend.

Durch eines der glaslosen Fenster fiel das Licht des Vollmondes. Nur für einen kurzen Moment beleuchtete es das Gesicht des Mannes. Es war niemand anderes als der Abortreiniger. Maria wusste, dass er Reinhard hieß.

Was hat der hier zu suchen?, fragte sich das Mädchen. Irgendwelche Burgtoiletten gab es hier oben jedenfalls nicht zu reinigen!

Reinhard rannte förmlich vorbei. Auf das Mädchen achtete er nicht.

Maria drückte sich so gut es ging in den Schatten hinein. Das Herz schlug dem Mädchen bis zum Hals. Sie wagte kaum, zu atmen. Einige Augenblicke hielt sie die Luft an, bis Reinhard verschwunden war.

Merkwürdig, dachte sie.

Am nächsten Morgen stand Wolfram schon mit dem ersten Hahnenschrei auf.

In der Burg herrschte um diese Zeit – abgesehen von dem Kikeriki des unermüdlichen Hahns – nahezu vollkommene Stille. Noch lange hatte die Feier in die Nacht hinein gedauert. Die Ritter hatten eifrig dem Wein zugesprochen, was auch für so manchen Knappen galt. Beispielsweise für Ansgar, der wohl der Ansicht gewesen war, dass er sich auch in dieser Hinsicht dem Verhalten der anderen Knappen und Ritter anzugleichen hätte. Er hatte die Gelegenheit genutzt und sehr viel mehr Wein getrunken, als gut für ihn war.

Wolfram suchte seinen Freund im Schlafsaal der Knappen auf und versuchte verzweifelt ihn wachzurütteln.

»He, wach werden!«

Ansgar stöhnte auf. »Lass mich schlafen«, knurrte er.

»Augen auf, du Murmeltier!«, sagte Wolfram und zog ihn am Arm. Aber damit hatte er wenig Erfolg. So versuchte er es mit einer neuen Methode: Er kitzelte seinen Freund an den Füßen, die unter der Bettdecke hervorschauten. Das wirkte einigermaßen.

»Was ist denn, Kleiner?«, fragte Ansgar und rieb sich dabei verschlafen die Augen. Der frisch gebackene Knappe blinzelte.

»Ich will zur Wassermühle des alten Heinrich reiten.«

»Häh?«

»Jetzt streng dich etwas an und hör mir zu, Ansgar! So schlimm kann es ja wohl nicht sein!«

»Hast du eine Ahnung, was ich für einen Brummschädel habe!«, maulte der Knappe sehr unritterlich.

Wolfram stemmte die Hände in die Hüften. »Selbstbeherrschung ist ein wesentlicher Teil der ritterlichen Tugenden – noch nie was davon gehört?«

»Du hast gut reden!«

»Ich kann nur hoffen, dass du in Zukunft, wenn du mal Ritter bist, nicht einfach eine Schlacht verschläfst, in der dein Lehnsherr dringend auf deine Unterstützung angewiesen ist. Nur weil du zu viel Wein getrunken hast!«

Ansgar verzog das Gesicht und rieb sich die Schläfen. Dabei setzte er sich im Bett auf. »Nun sag schon, was los ist«, forderte er. »Ich bin jetzt auch wirklich hellwach!«

Wolfram atmete tief durch. *Na endlich!,* dachte er. »Nach Auskunft des Kerkermeisters ist Heinrich in der Lage, Schlüssel zu fertigen, die für jedes Schloss passen!«

Ansgar schien etwas begriffsstutzig. Er schüttelte energisch den Kopf. »Ich verstehe gar nichts«, murmelte er. »Und vor allem habe ich furchtbare Kopfschmerzen! Mein Schädel brummt wie ein Bär!«

»Das geschieht dir recht, du hättest eben keinen Wein trinken sollen!«

»Ha, ha, ha!«

»Ansgar! Nun versuch dich etwas zusammenzureißen. Ich bin überzeugt davon, dass Ambrosius' Zelle mit einem derartigen Wunderschlüssel geöffnet wurde! Während der Pater über seinen Experimenten in den Nebenräumen brütete, wäre das ohne weiteres möglich gewesen.«

Ansgar blinzelte. »Aber wer soll das gewesen sein?«

»Jemand, der unbehelligt ins Kloster gelangen konnte und niemandem aufgefallen ist. Ich hoffe, der alte Heinrich kann mir da weiterhelfen. Zu dem reite ich jetzt. Ich wollte nur, dass du weißt, wo ich bin, falls irgendetwas schief geht.«

»Was sollte den schief gehen?«

»Na, der alte Heinrich könnte doch an dieser Diebesverschwörung beteiligt sein!«, gab Wolfram zu bedenken.

Wolfram wollte gehen, aber Ansgar war inzwischen auf den Beinen und hielt ihn zurück. »Warte! Hast du vergessen, dass wir zusammen mit den Rittern, die gestern mit im Kloster waren, möglichst unauffällig die Burg und das Gepäck der Gäste durchsuchen sollen?«

»Ich denke, bis dahin bin ich längst zurück, so fest, wie hier noch alle schlafen!«, versicherte Wolfram. »Darauf, dass du mich begleitest, brauche ich wohl kaum hoffen, oder? Ich meine – angesichts deines Zustands!«

Ansgar hielt sich den Kopf. »Freunde lässt man nicht im Stich«, brachte er heraus.

Wolfram grinste. »Na großartig!«, rief er. »Aber beeil dich!«

Während Ansgar sich anzog, holte Wolfram zwei Pferde aus dem Stall und führte sie zur Unterkunft der Knappen. Er hatte Glück, denn keiner der Stallwächter oder Pferdeburschen war schon auf den Beinen. Sie schliefen noch. Wolfram sattelte die Tiere und zog sie hinter sich her, bis er die Unterkunft der Knappen erreicht hatte.

Schließlich war auch Ansgar so weit und trat ins Freie. Er gähnte. An der Seite trug er wieder voller Stolz sein Kurzschwert. Die Linke umschloss dessen Griff, mit der Rechten deutete er auf die beiden Reittiere, die Wolfram besorgt hatte. »Ich nehme an, du hast nicht erst um Erlaubnis gefragt, ob du die Gäule nehmen darfst?«, vermutete Ansgar.

Wolfram zuckte die Achseln. »Wer viel fragt, bekommt viele Antworten. Eventuell auch solche, die einem nicht gefallen!«

»Oh, oh … Das wird sicher noch Ärger geben!«

»Es geht jetzt um Wichtigeres als die Frage, ob wir Ärger bekommen. Außerdem bin ich überzeugt davon, dass Baron Norbert unseren Einsatz noch zu schätzen wissen wird!«

Ansgar seufzte. »Dein Wort in Gottes Ohr!«

Sie schwangen sich in die Sättel und ritten wenig später zum inneren Burgtor. Die Dienst habenden Wachtmeister waren ebenfalls etwas verschlafen. Aber sie kannten die beiden Jungen natürlich und machten ihnen das Fallgatter auf. Wahrscheinlich nahmen sie an, dass die beiden mit irgendeiner Laufburschenarbeit betraut worden waren, um die sie, angesichts dieser frühen Morgenstunde, auch wirklich niemand beneidete.

Beim äußeren Tor mussten sie sogar absteigen und einen der vor sich hin schnarchenden Wächter aus seinem Schlummer wecken, bevor man ihnen den Weg frei machte.

Im Galopp ritten sie zur Wassermühle des alten Heinrich. Man brauchte bis dorthin etwa eine halbe Stunde, wenn man ein einigermaßen schnelles Pferd unter dem Sattel hatte.

Der alte Heinrich war bereits auf den Beinen. *Morgenstund hat Gold im Mund* lautete der Wahlspruch dieses Mannes, dessen genaues Lebensalter niemand wusste. Seine Haut war wettergegerbt und wirkte beinahe, als würde sie aus Leder bestehen. Auf jeden Fall gab es weit und breit niemanden, der älter war als der alte Heinrich.

Wolfram kannte ihn. Er hatte vor einiger Zeit einen Satz Gabeln und Löffel für den Haushalt des Barons abholen müssen. Zwei Gesellen arbeiteten bei dem Wassermüller. Eigene Kinder hatte er nicht.

Die beiden Jungen stiegen aus den Sätteln. Der Wassermüller blinzelte ihnen entgegen. Ganz in der Nähe rauschte der Wasserfall eines aufgestauten Bachs.

»Was führt euch zwei denn hierher! Sind euch auf der Burg die Löffel ausgegangen? Oder soll es zur Abwechslung mal wieder ein Sack Mehl sein?«

»Nein, diesmal kommen wir aus einem ganz anderen Grund«, erklärte Wolfram.

»Nur heraus damit! Viel Zeit habe ich allerdings nicht!«

»Ich habe nur eine Frage«, eröffnete Wolfram.

Der alte Heinrich hob sichtlich überrascht die Augenbrauen. »Mit Fragen gehst du besser zu einem Gelehrten, wie es sie unter den Mönchen von St. Ingbert gibt. Ob ich dir da helfen kann, möchte ich nämlich stark bezweifeln.«

Wolfram ließ sich nicht abwimmeln und kam gleich zur Sache. »Verstehst du dich auf die Kunst, einen Schlüssel zu schmieden, der in jedes Schloss passt?«

Der alte Heinrich blickte auf. Er musterte Wolfram misstrauisch. »Junge, wie kommst du denn darauf?«

»Dann stimmt es also!«

»Was stimmt?«

»Dass du dazu in der Lage bist!«

»Wer hat dir so etwas erzählt? Verflucht sei er!«, schimpfte der Alte.

»Dieser Fluch wird dir gewiss einmal schreckliches Unglück bringen!«, mischte sich Ansgar ein.

Der alte Heinrich warf ihm einen düsteren Blick zu, der den Knappen unwillkürlich zusammenzucken ließ. »Sei froh, dass ich nicht *dich* verflucht habe!«, knurrte er.

Wolfram ließ sich nicht beirren. »Es muss vor kurzem jemand hier gewesen sein, der einen solchen Schlüssel in Auftrag gegeben hat. Das steht fest. Es ist ein Verbrechen geschehen und ein Unschuldiger wird vielleicht schwer dafür bestraft. Es sei denn, du sagst mir, wer diesen Schlüssel bestellt hat!«

Der alte Heinrich kratzte sich am Hinterkopf. »Worum geht es denn bei der Sache?«, fragte er mit ernstem Unterton.

Wolfram überlegte einen Augenblick, wie viel er von seinem Wissen preisgeben sollte. Schließlich hatte er gegenüber seinem Burgherrn Stillschweigen geschworen und daran fühlte er sich gebunden. Andererseits verstand er den Betreiber der Wassermühle. Wenn sich herumsprach, dass er in der Lage war, einen Dietrich zu fertigen, kam der alte Heinrich vielleicht selbst in Verruf und man verdächtigte ihn möglicherweise, der Komplize von Dieben zu sein.

»Pater Ambrosius ist in seiner Klosterzelle eingesperrt worden, weil man ihn eines Diebstahls beschuldigt«, berichtete Wolfram schließlich zögernd.

Die buschigen Augenbrauen des alten Heinrich zogen sich zusammen. »Habe ich das richtig verstanden? – Der geniale Ambrosius sitzt im Kerker?«

»Da wäre er, wenn es nach dem Willen unseres Burgherrn ginge«, erwiderte Wolfram. »Aber – wer weiß? Es kann gut sein, dass er dort noch landet oder ihm Schlimmeres bevorsteht.«

»Sag mir, was gestohlen wurde, Junge! Und wieso schickt man euch zwei Halbwüchsige um mich zu befragen? Hat der Baron keine ausgewachsenen Männer mehr bei sich in Lohn und Brot?«

»Mehr darf ich nicht sagen«, erwiderte Wolfram. »Aber ich werde nicht zulassen, dass Pater Ambrosius wegen eines Diebstahls bestraft wird, mit dem er nichts zu tun hat!«

Der alte Heinrich nickte. »Du hast Recht, das darf nicht geschehen. Ich kenne Ambrosius schon seit vielen Jahren. Einmal war ich schwer krank und litt unter einem furchtbaren Fieber, das mich beinahe dahingerafft hätte. Aber eine Tinktur des Paters hat mich davor bewahrt, allzu früh vor unseren Schöpfer treten zu müssen.«

»Dann sag mir jetzt, wer bei dir einen Dietrich in Auftrag gab!«, forderte Wolfram.

Der Blick des alten Heinrich schien durch Wolfram hindurchzusehen, so sehr war der Betreiber der Wassermühle in Gedanken. »Es war schon merkwürdig«, gestand er nach einer kurzen Pause. »Du kennst den Abortreiniger Reinhard, nicht wahr?«

»Natürlich! Wer kennt ihn nicht!«

»Er war es.«

»Reinhard hat den Schlüssel in Auftrag gegeben?«

Der alte Heinrich nickte heftig. »Ja. Erst wollte ich nicht darauf eingehen, aber er hatte die nötigen Silbertaler. Es war mehr, als dieser Mann in seinem ganzen Leben verdienen wird!«

»Das bedeutet, er war nicht im eigenen Auftrag hier«, murmelte Wolfram. »Jemand hat ihn als Laufbursche benutzt.«

»Junge, du sprichst in Rätseln.«

Wolfram schwang sich wieder in den Sattel. »Ich habe leider keine Zeit, um dir alles zu erklären!«, rief er und wandte sich Ansgar zu. »Komm, wir müssen schleunigst zurück zur Burg. Es passt alles zusammen! Erinnerst du dich nicht? Wir trafen Reinhard gestern Abend, als wir das

Kloster erreichten. Vermutlich hatte er gerade die Gunst der Stunde genutzt und das Evangeliar entwendet.«

»Das hätte ich ihm niemals zugetraut«, musste Ansgar gestehen. »Ich meine, ein Abortreiniger ist zwar alles andere als hoch angesehen, aber dass er zu so etwas fähig sein könnte!«

»Vergiss nicht, er hat wohl nicht aus eigenem Antrieb gehandelt«, erinnerte ihn Wolfram. »Der, der ihm das Geld gegeben hat, benutzte ihn als Werkzeug.«

»Hast du jemanden in Verdacht?«

»Noch nicht.«

Als sie die Burg erreichten, regte sich dort das erste Leben. Das galt sowohl für das Lager der Mannen des Grafen Gernot als auch für die Burgbewohner. Schließlich sollte am Nachmittag das große Turnier stattfinden, für das noch Vorbereitungen zu treffen waren.

Wolfram und Ansgar preschten mit ihren Pferden bis zum Palas. Das Wichtigste war jetzt, den Burgherrn über das zu informieren, was die beiden Jungen herausgefunden hatten.

»Wo ist der Baron?«, fragte Wolfram einen der Wachtmeister, der gerade gähnend aus dem Palas herauskam. Offenbar hatte er die Nacht im Festsaal verbracht.

»Keine Ahnung!«

Wolfram rannte durch den Eingang des Palas und die Treppe hinauf zum Festsaal im ersten Stock. Ansgar versuchte ihm zu folgen.

Im Festsaal fand Wolfram den Baron nicht. Dafür aber Maria. Die Küchenkinder und einige Mägde hatten offenbar den Auftrag, die Spuren des gestrigen Festes zu beseitigen.

»Wolfram!«, entfuhr es dem Mädchen.

»Ist unser Burgherr schon auf den Beinen?«, fragte er atemlos.

»Er war gerade kurz hier. Was ist denn los?«

Wolfram nahm sie einfach bei der Hand und zog sie zur Seite. Die anderen brauchten nicht zu hören, was er ihr zu sagen hatte. »Ich weiß jetzt, wer das Evangeliar gestohlen hat!«, brachte er keuchend heraus. »Es war der Abortreiniger …« Dann erzählte er in knappen Worten, was er herausgefunden hatte.

»Ich habe den Abortreiniger letzte Nacht getroffen«, berichtete Maria. »Er kam aus dem Turmzimmer, als ich einen Korb mit Leckerbissen zur Burgherrin brachte.«

»Dem Turmzimmer?«, vergewisserte sich Wolfram. Er runzelte die Stirn.

»Ja! Ganz sicher!«

»Ich glaube, jetzt begreife ich!«, murmelte Wolfram. »Vielleicht sollten wir uns mal ansehen, was er dort oben zu schaffen hatte!« Er wandte sich an Ansgar. »Such du den Baron! Sag ihm, er soll unbedingt ins Turmzimmer kommen! Und zwar schnell!«

Wolfram und Maria stiegen hinauf zum Turmzimmer. Wolfram nahm immer mehrere Stufen der steilen Treppe mit den rutschigen und teilweise recht abgetretenen Stufen auf einmal. Maria folgte ihm. Schließlich erreichten sie das Turmzimmer und traten ein. Sie sahen sich um.

»Keine Ahnung, was der Kerl hier wollte, Wolfram«, sagte Maria. »Aber ich verstehe auch ehrlich gesagt nicht, warum das so wichtig ist!«

»Ich denke, dass das Buch der sieben Siegel sich hier irgendwo befindet.«

»Warum das? Das macht doch keinen Sinn!«

Wolframs Blick wirkte sehr konzentriert. Schließlich blieb er an einem Stein der Wand haften. Im Gegensatz zu den anderen war er nicht von Fugen umgeben. Wolfram trat auf die Stelle zu, berührte den Stein mit den Händen und zog ihn heraus.

»Fass mit an, ich schaffe es nicht allein!«, rief er.

Maria zögerte nicht, sondern griff zu.

Gemeinsam setzten sie den Stein auf dem Boden ab.

»Ein Geheimfach!«, stellte das Mädchen erstaunt fest.

In diesem Augenblick betrat der Burgherr das Turmzimmer. Die Hand hatte er am Schwert. Ansgar folgte ihm.

»Was fällt euch ein!«, entfuhr es Baron Norbert erbost.

Wolfram griff in das Innere des Geheimfachs und hob

ein sorgfältig in Leinentuch verpacktes Bündel heraus. »Ich wette, dies ist es, was Ihr sucht, Baron!« Wolfram überreichte dem Burgherrn das Bündel.

Baron Norbert nahm es und legte es auf den Tisch, der in der Mitte des Raumes stand. Er griff nach dem Messer, das er am Gürtel trug, und zerschnitt damit die bunten Bänder, die das Bündel zusammenhielten. Im nächsten Moment kam unter dem Leinen das kostbare Evangeliar zum Vorschein. Das Buch mit den sieben Siegeln.

Baron Norbert sah seinen Pagen streng an. »Ich glaube, du musst mir einiges erklären!«

»Es war der Abortreiniger Reinhard, der das Buch gestohlen hat«, begann Wolfram. In knappen Worten fasste er zusammen, was er bisher herausgefunden hatte. Der Baron hörte schweigend zu.

»Und warum soll Reinhard das Buch hier versteckt haben?«

»Überlegt einmal, was geschehen wäre, wenn nicht wir das Buch gefunden hätten. Erinnert Euch, wir wollten eine Durchsuchung durchführen …«

Das Gesicht des Barons verlor jegliche Farbe. »Jetzt begreife ich!«, flüsterte er. »Das Buch *sollte* gefunden werden!«

»So ist es, Baron!«, bestätigte Wolfram. »Ihr wärt in Verdacht geraten, selbst für das Verschwinden des Buches verantwortlich zu sein.«

Der Baron ballte wütend die Hände zu Fäusten. »Graf Gernot hätte unweigerlich denken müssen, dass ich es ihm vorenthalten wollte. Vielleicht um es an irgendeinen fernen Ort zu bringen und dort zu verkaufen!«

»Verzeiht die Offenheit, Baron. Aber Graf Gernot hätte Euch sicherlich Euer Lehen entzogen!«

»Es wäre ihm wohl kaum etwas anderes übrig geblieben«, gab Baron Norbert zu. Er musterte Maria von oben bis unten. Es war ihm anzusehen, dass die Anwesenheit dieses Küchenkindes dem Burgherrn nicht gefiel. Aber im Moment war er viel zu tief in der Schuld dieser beiden Kinder, als dass er gegen Marias Anwesenheit irgendetwas gesagt hätte. »Hört mir zu! Ich habe einen Plan. Und nur ihr und Graf Gernot werden darin eingeweiht.«

»Diese Ehre verdiene ich nicht«, sagte Maria und senkte den Blick.

»Warum nicht? Derjenige, der den Abortreiniger mit dem Diebstahl des Buches beauftragte, wollte nichts anderes als mich von meinem Lehen vertreiben. Und bei euch bin ich mir sicher, dass das nicht euer Ziel ist! Was hättet ihr auch davon? Außerdem könntet ihr niemals die Summen aufbringen, die nötig sind, um beim alten Heinrich einen Schlüssel fertigen zu lassen, der in alle Schlösser passt!«

»Ich bin ganz Ohr, Baron«, sagte Wolfram.

»Also, die Durchsuchung wird planmäßig durchgeführt. Wer auch immer mit dem Dieb unter einer Decke steckt, muss sich unter jenen Männern befinden, die gestern mit uns zum Kloster ritten. Ich kann nur dafür beten, dass es kein langjähriger Freund ist, der mich verraten hat.«

»Wenn der Dieb das Evangeliar nicht wie geplant auffindet, wird er denken, dass der Abortreiniger es sich anders überlegt und das Evangeliar für sich behalten hat!«, erkannte Wolfram.

Baron Norbert nickte. »Genau darauf will ich hinaus! Der Dieb wird den Abortreiniger zur Rede stellen. Und wenn Graf Gernot Zeuge dieser Unterredung würde, dann wäre mein Ruf reingewaschen!«

»Zunächst muss der Abortreiniger zur Rede gestellt werden!«, meinte Maria.

Baron Norbert stimmte ihr zu.

»Er hat seine Unterkunft in der Nähe des Gesindehauses«, berichtete Maria. »Dort sollten wir ihn aufsuchen …«

Die Unterkunft des Abortreinigers war Teil eines Fachwerkgebäudes, das an das Gesindehaus angrenzte.

Etwas unsanft weckte Baron Norbert den schlafenden Mann, der hochschreckte.

»Was …?«, entfuhr es ihm.

»Du weißt genau, weshalb wir hier sind«, schnitt ihm Baron Norbert das Wort ab.

Wolfram sprang nach vorn und riss dem Abortreiniger ein Stück Metall vom Gürtel. »Ist das nicht so ein Wunderschlüssel, mit dessen Hilfe man sämtliche Schlösser zu öffnen vermag?«, fragte der Junge.

»Ich weiß nicht, wovon Ihr redet!«, zeterte Reinhard und kauerte sich auf seinem Lager zusammen.

Maria öffnete unterdessen die Fensterläden, sodass das Licht der grellen Morgensonne ihn blendete.

Wolfram überreichte seinem Burgherrn den Dietrich. »Das ist der Beweis, Baron!«

»Du bist überführt, Reinhard!«, stellte Baron Norbert fest. »Man könnte mit dir kurzen Prozess machen.«

»Habt Erbarmen, Herr! Ich habe das doch nur getan, weil man mir den Posten des zweiten Kerkermeisters anbot ...«

Der Baron runzelte die Stirn. In seinen Augen blitzte es gefährlich. »Wiederhole das!«, forderte er.

Der Abortreiniger nickte. »Versteht Ihr denn nicht? Das wurde mir für den Fall versprochen, dass Ihr die Herrschaft über Wildenstein verloren hättet!«

»Was ja um ein Haar auch eingetreten wäre!« Der Baron machte eine Pause und sagte dann: »Ich habe einen Vorschlag. Du wirst straffrei bleiben, wenn du mir hilfst deinen Auftraggeber zu überführen.«

Der Abortreiniger schluckte. »Das ist überaus großzügig«, erkannte Reinhard.

»Also, heraus damit! Wer gab dir die Münzen, mit denen du beim alten Heinrich den Schlüssel bezahlt hast?«

Reinhard schluckte. »Ihr werdet alles erfahren!«, versprach er. »Hört zu!«

Der Baron ließ alle Männer, die am vergangenen Abend mit zum Kloster geritten waren, zusammenrufen.

Auch Graf Gernot erschien mit seinem Gefolge. Hoch

zu Ross erreichten sie den inneren Burghof, wo sich Baron Norbert und seine Mannen bereits versammelt hatten. Ansgar und Wolfram waren auch dabei.

Maria hingegen blieb nichts anderes übrig als die Szene aus der Entfernung zu beobachten. So hoch Baron Norbert auch anerkannte, welchen Anteil sie an der Aufklärung des Diebstahls hatte, musste er doch seinen Rittern und vor allem seinem Lehnsherrn gegenüber auf die Standesgrenzen achten.

Außerdem war der Auftraggeber des Diebstahls ja auch noch nicht überführt.

»Meine Männer haben bereits eine Durchsuchung des Gepäcks in unserem Lager durchgeführt!«, erklärte Graf Gernot von der Tann. »Außerdem hat die Kunde von dem Diebstahl des Evangeliars inzwischen längst die Runde gemacht. Wir können also auf jegliche Geheimhaltung oder Vorsicht verzichten.«

»Ich frage mich, wer hier zum Verräter wurde!«, knurrte Ansgar an Wolfram gewandt.

»Vielleicht war es derselbe, der auch das Evangeliar stehlen ließ!«, flüsterte Wolfram.

Indessen fuhr Graf Gernot fort: »Euch und Euren Mannen steht es natürlich frei, sich ebenfalls bei uns umzusehen, falls Ihr meinen Leuten nicht trauen solltet.«

»Ich traue Euch und Euren Leuten wie meiner rechten Hand!«, erwiderte Baron Norbert.

»Das freut mich zu hören!«

»So mögen unsere Männer jetzt vereint die Suche innerhalb der Burg fortsetzen, so wie wir es geplant hatten!«

»Gerne!«

»Euch, meinen Lehnsherrn, möchte ich allerdings kurz allein sprechen, wenn Ihr nichts dagegen einzuwenden habt!«

Graf Gernot hob erstaunt die Augenbrauen und zuckte die Achseln. »Meinetwegen!«, erklärte er sich einverstanden.

Die anderen Ritter begannen mit der Suche nach dem Buch, das in Wahrheit schon wieder aufgetaucht war.

»Hört zu, Graf Gernot. Das Evangeliar ist längst gefunden worden, aber der Hauptschuldige ist noch nicht überführt.«

Der Graf zog die Augenbrauen zusammen. »Ihr sprecht in Rätseln, Baron!«, sagte er.

»Ich möchte Euch in einen Plan einweihen, der genau dem Zweck dient ...«, erwiderte Baron Norbert.

Die beiden Männer stiegen von den Pferden, standen nah beieinander und sprachen äußerst leise, sodass niemand sonst etwas von ihren Worten mitbekommen konnte.

Die Suche nach dem Buch mit den sieben Siegeln blieb ergebnislos. Wie hätte es auch anders sein können? Baron Norbert hatte es schließlich längst an einem sicheren Ort untergebracht.

Am Nachmittag begann das angekündigte Turnier. Da sich die Nachricht von dem Diebstahl des wertvollen Buches inzwischen herumgesprochen hatte, war die Stimmung allgemein gedrückt.

Schon machten erste Gerüchte die Runde. Würde Baron Norbert vielleicht sein Lehen verlieren, weil er nicht in der Lage gewesen war, das Eigentum seines Lehnsherrn zu schützen? War es zwischen Baron Norbert und Graf Gernot bereits zum Bruch gekommen?

Auf der geschmückten Zuschauertribüne allerdings waren beide vor aller Augen in harmonischer Eintracht erschienen. Sie saßen in Begleitung ihrer Frauen auf den Ehrenplätzen, um das Geschehen zu verfolgen.

»Ich hoffe nur, dass Euer Plan wirklich funktioniert!«, raunte Graf Gernot dem Burgherrn von Wildenstein zu.

»Eine Garantie gibt es dafür natürlich nicht, aber wie heißt es so schön? Wer nicht wagt, der nicht gewinnt!«

»Ja, das ist wohl wahr«, nickte Graf Gernot.

»Und das gilt nicht nur auf dem Turnierplatz!«, ergänzte Baron Norbert.

Ein Herold kündigte den Beginn der Wettkämpfe an. Aber die Begeisterung der Menge hielt sich in Grenzen.

Doch das änderte sich, als die ersten Ritter beim Tjost aufeinander trafen. So nannte man den Kampf zwischen zwei Rittern, die in voller Rüstung und hoch zu Pferde aufeinander zugaloppierten. Mit ihren Lanzen versuchten sie dabei sich gegenseitig aus dem Sattel zu heben. In Turnierkämpfen waren die Lanzen stumpf, um allzu schwere Verletzungen zu vermeiden.

Die Ritter des Grafen Gernot traten jeweils gegen Kämpfer von Burg Wildenstein an.

Ferdinand von Walden sollte der erste Kämpfer sein, der für die Wildensteiner das Duell mit der Lanze bestritt. Mehrere Knappen mussten dem Ritter in den Sattel helfen, da er sich in der 40 Kilo schweren Rüstung kaum bewegen konnte.

Das Pferd war ebenfalls mit Metallplatten geschützt. Ein Knappe reichte Ferdinand zunächst den mit einem Federbusch prächtig geschmückten Helm. Diesen setzte sich der Ritter auf, ließ aber das Visier noch offen. Anschließend wurde ihm der schwere Holzschild gereicht, mit dem er den Lanzenstoß seines Gegners abzuwehren hoffte.

Ferdinand schloss sein Visier.

Er konnte jetzt nur noch durch einen schmalen Schlitz sehen. Die Lanze wurde ihm gereicht und ein Knappe führte das Pferd an das eine Ende der Kampfbahn.

Der Herold verkündete dem Publikum, wer den ersten Kampf zu bestreiten hatte: »Ritter Ferdinand von Walden von der Burg Wildenstein tritt gegen Gottfried von Lederingen an, einen treuen Gefolgsmann des Grafen Gernot von der Tann.«

An einem Turniertag wie diesem kam die Bevölkerung der gesamten Umgebung zusammen. Die Bauern durften ihre Arbeit auf den Feldern unterbrechen und nutzten die Gelegenheit, sich einmal vom harten Alltagstrott ablenken zu lassen.

Das Publikum blickte gespannt auf die Kampfbahn, die vom Tilt in zwei Hälften geteilt wurde. Dieser stabile

Holzzaun reichte etwa bis auf Sattelhöhe und verhinderte, dass der in den Staub gestoßene Verlierer von den Pferdehufen seines Gegners zu Tode getrampelt würde. Dagegen hätte auch die stärkste Rüstung nicht ausreichend schützen können.

Die beiden Gegner senkten die Lanzen.

Gespannte Stille breitete sich im Publikum aus, das recht zahlreich erschienen war. Alle Augen richteten sich auf die Kampfbahn. Die mit massiven Eisenplatten geschützten, sehr kräftig gebauten Streitrösser scharrten schon ungeduldig mit den Hufen.

Der Herold gab das Signal zum Beginn des Wettkampfs.

Beide Kontrahenten gaben ihren Pferden die Sporen.

Sie preschten in wildem Galopp aufeinander zu.

Staub wirbelte auf. Die Menge hielt den Atem an.

Genau in der Mitte der Kampfbahn prallten die beiden Ritter mit den abgestumpften Lanzen aufeinander. Gottfrieds Lanze traf genau den Schild Ferdinands und brach mit einem krachenden Laut in der Mitte entzwei.

Auch Ferdinands Lanze zerbrach.

Gottfried schwankte zwar, konnte sich jedoch im Sattel halten.

Beide Ritter ließen ihre Pferde bis zum Ende der Bahn galoppieren, zügelten die Tiere und bekamen eine neue Lanze gereicht.

Es war die Aufgabe von Pagen, die zerbrochenen Lanzen von der Kampfbahn zu räumen, bevor beide Gegner erneut gegeneinander angaloppierten.

Die Regeln, die in einem derartigen Wettkampf galten,

waren von Turnier zu Turnier unterschiedlich, aber es gab Gemeinsamkeiten bei fast allen Veranstaltungen dieser Art: So durfte jeder Ritter nur drei Lanzen zerbrechen. Stand danach kein Sieger fest, wurde mit dem Schwert weitergekämpft, bis einer von beiden aufgab.

Wieder senkten Ferdinand und Gottfried die Lanzen und gaben auf das Signal des Herolds hin ihren Pferden die Sporen.

Ferdinand verfehlte seinen Gegner knapp, da der seinen Schild geschickt einsetzte und den Stoß des anderen damit ablenkte, sodass er ins Leere ging. Ferdinand hingegen erhielt einen sehr heftigen Lanzenstoß gegen den Brustpanzer. So heftig, dass Gottfrieds Lanze abermals brach.

Ferdinands Pferd preschte weiter zum Ende der Kampfbahn. Der Wildensteiner Ritter hing bedenklich schief im Sattel und drohte vom Gewicht der eigenen Rüstung zu Boden gezogen zu werden. Am Ende der Bahn angekommen zügelte er sein Pferd. Es gelang ihm mit letzter Kraft, sich im Sattel zu halten und wieder aufzurichten. Sein Brustkorb schmerzte. Der Stoß war hart gewesen und vielleicht waren sogar Rippen gebrochen. Aber für einen tapferen Ritter wie Ferdinand von Walden war das kein Grund, einen Turnierkampf abzubrechen. Er hob erneut die Lanzenspitze zum Angriff.

Gottfried streckte den Arm aus. »Eine frische Lanze!«, rief er.

Im nächsten Augenblick kam man seinem Wunsch nach.

»Es ist Eure letzte Lanze, Gottfried!«, rief Ferdinand von

Walden von der anderen Seite der Kampfbahn herüber. »Bedenkt dies und seid schön vorsichtig!«

»Wir wollen sehen, ob Eure Kampfkünste ebenso herausragend sind wie Euer Talent im Umgang mit Worten!«, rief Gottfried zurück. Er lachte dröhnend. Unter seinem Helm mit dem heruntergelassenen Visier klang das sehr dumpf.

Abermals wurden die Lanzen gesenkt und den Tieren die Sporen gegeben.

Die hochgerüsteten Rösser schnellten aufeinander zu.

Diesmal ging der Lanzenstoß Gottfrieds ins Leere. Die Waffe glitt an dem Metall von Ferdinands Brustpanzer entlang, sodass dem Stoß die Wucht genommen wurde. Ferdinand hingegen erwischte seinen Gegner mit voller Kraft. Gottfried wurde aus dem Sattel gehoben. Er fiel in den Staub, während sein Pferd reiterlos zum Ende der Kampfbahn preschte.

Hilflos wie ein auf dem Rücken liegender Käfer lag Gottfried in der schweren Rüstung auf dem Boden. Sein Knappe eilte zu ihm um ihm aufzuhelfen.

Der Lanzenzweikampf war entschieden. Ritter Ferdinand von Walden gab Lanze und Schild an seinen Knappen und reckte triumphierend den Arm.

Er ritt zur Tribüne, um sich von der Burgherrin das Preisgeld übergeben zu lassen. Beifall brandete unter den Zuschauern auf.

Bevor die nächsten Kämpfer sich zum Tjost bereitmachten, gab es eine Pause, in der sich das Publikum den zahlreichen anderen Attraktionen und Ständen des Turniers zuwenden konnte. Ein Wettbewerb im Bogenschießen erfreute sich ebenso großer Beliebtheit wie Wettkämpfe im Faustkampf und im Armbrustschießen. Lautenspieler und Gaukler gaben ihre Vorstellungen und sammelten dafür bei den Zuschauern ein paar Münzen ein. Ein Marionettenspieler zog nicht nur Kinder in seinen Bann. Außerdem hatten zahlreiche Händler ihre Verkaufstische aufgebaut. Vor allem boten sie Nahrungsmittel feil. Das Turnier sollte bis zum Abend dauern und da war es nur eine Frage der Zeit, wann sich unter den Zuschauern der Hunger bemerkbar machen würde.

Wolfram hatte sich zunächst das Duell zwischen Ferdinand und Gottfried angesehen. Sein Blick war dabei jedoch immer wieder über das Publikum geglitten. Er suchte Maria.

Bunte Kleidung war dem Adel vorbehalten. Die Angehörigen der niederen Stände durften nur Grau und Braun tragen. Höchstens sonntags wurde ein blaues Gewand geduldet. Auch trug das einfache Volk nur einfach und grob gewebte Stoffe, keine fließenden Materialien oder gar Pelze. Jeder sollte gleich an der Kleidung erkennen können, mit wem er es zu tun hatte: einem adeligen Ritter oder einem Bauern, einem Grafen oder einem Handwerker.

Die wenigen Adeligen – sofern sie nicht ohnehin auf der Tribüne saßen – waren daher in der Menge leicht auszumachen. Ein Küchenkind wie Maria hingegen fiel mit ihrem graubraunen Leinengewand nicht weiter auf.

Wolfram fand sie schließlich trotzdem. Sie sah einem

Marionettenspieler zu, der die Geschichte von der Geburt Jesu Christi mit seinen Puppen nachspielte. Eine große Traube hatte sich um ihn gebildet.

»Maria, gut, dass ich dich finde«, sprach Wolfram sie an.

»Seid gegrüßt, hoher Herr!«, erwiderte Maria leicht spöttisch.

»Komm, lass doch den Unsinn.« Er beugte sich zu ihr um leiser sprechen zu können. Schließlich sollte niemand etwas von dem, was er ihr zu sagen hatte, mitbekommen. »Was das gestohlene Buch mit den sieben Siegeln angeht, gibt es Neuigkeiten!«

Marias Aufmerksamkeit war sofort geweckt. »Erzähl schon!«, verlangte sie.

»Baron Norbert hat seinen Plan, wie er den Anstifter dieser Tat überführen will, Graf Gernot mitgeteilt und der ließ sich überzeugen dabei mitzumachen.«

»Hört sich gut an!«

»Komm, Maria, lass uns an einen Ort gehen, an dem wir ungestört reden können.«

Maria zögerte einen Moment. »Na gut!«, sagte sie dann. »Ich hoffe nur, dass es anschließend für dich nicht wieder Ärger mit der Burgherrin gibt!«

»Du weißt doch, den halte ich aus.«

»Wie du meinst!«

»Die Augen der Burgherrin sind mit Sicherheit nicht auf uns gerichtet. Nicht an diesem Tag! Und sollte sie tatsächlich bemerken, dass wir miteinander reden, so kann ich mit Fug und Recht behaupten, es im Auftrag des Barons zu tun!«

»Wie bitte?« Maria runzelte die Stirn. Sie strich sich mit einer schnellen Handbewegung eine verirrte Strähne aus ihrem Gesicht und sah Wolfram ziemlich überrascht an. »Jetzt willst du mich aber auf den Arm nehmen!«

Wolfram schüttelte entschieden den Kopf. »Keineswegs«, erwiderte er.

Wolfram führte Maria etwas abseits und fuhr fort: »Der Baron hat einen Auftrag für dich, Maria. Hör mir genau zu ...«

Kurz nachdem der Herold zum zweiten Lanzenduell rief, trennten sich Maria und Wolfram.

»Es ist alles besprochen«, sagte Wolfram. »Ich wünsche dir viel Glück!«

»Danke, das kann ich gebrauchen.«

Wolfram sah ihr nach, bis sie in der Menge verschwunden war.

Plötzlich rempelte ihn jemand von hinten an. Er fiel zu Boden. Dort rollte er sich herum und sah auf.

Thomas blickte grinsend auf ihn herab. Drei weitere Pagen standen hinter ihm.

»Tut mir Leid, Wolfram!«, entschuldigte er sich mit falscher Freundlichkeit. »Aber in diesem Gedränge kann so etwas schon mal passieren!« Wut keimte in Wolfram auf. Was fiel diesem eingebildeten Kerl ein, ihn einfach zu

Boden zu stoßen! *Es ist volle Absicht gewesen!,* durchzuckte es ihn. Am liebsten hätte er sich sofort auf Thomas gestürzt und ihn niedergerungen, aber im Moment wollte er kein Aufsehen erregen. Er erhob sich, klopfte sich den Staub von den Kleidern und sagte: »Ich nehme deine Entschuldigung an, Thomas. So etwas kann schließlich jedem mal passieren!«

Thomas war überrascht. Er wandte sich an seine Begleiter: »Seht euch das an, Jungs! Der Kerl gibt einfach klein bei! Wer hätte das gedacht?«

Die anderen Jungen kicherten.

»Vielleicht rührt dieser Mangel an Mut von dem schlechten Umgang, den er hat!«, bemerkte ein anderer.

Thomas nickte. »Ja, das scheint mir auch so.« Er baute sich breitbeinig vor Wolfram auf: »Du fühlst dich von Lumpengesindel einfach angezogen, nicht wahr? Wahrscheinlich hat das etwas mit deiner eigenen Herkunft zu tun!«

Die anderen Jungen lachten lauthals.

Da die allgemeine Aufmerksamkeit sich gerade auf den zweiten Tjost richtete, der auf dem Turnierplatz stattfand, wurde dieses Zusammentreffen nur von wenigen bemerkt.

Irgendwann musste es ja zu dieser Auseinandersetzung kommen!, ging es Wolfram durch den Kopf. Thomas konnte offenbar nicht anders als sich und Wolfram zu beweisen, dass Wolfram doch kleiner und schwächer war als er.

Thomas versetzte Wolfram einen heftigen und schmerzhaften Stoß gegen den Oberkörper. Wolfram taumelte zurück, konnte sich diesmal aber auf den Beinen halten.

»Na komm schon. Was ist? Willst du dich gar nicht wehren, du Schwächling? Ein großes Mundwerk hast du, aber es ist offenbar nicht so viel dahinter, wie du allen glauben machen willst!«

»Wenn du denkst, dass wir uns hier wie zwei Bauerntölpel prügeln, dann bist du schief gewickelt«, erwiderte Wolfram.

»Du bist also doch ein Feigling!« Er stieß Wolfram erneut.

Von hinten war ein Knurren zu hören. Ein Hund rannte zwischen den Beinen der Schaulustigen hindurch auf Thomas zu. Der Hund sprang hoch, stürzte sich auf ihn und biss Thomas in die Hand, mit der er das Tier abzuwehren versuchte.

Der Hund landete auf dem Boden, kugelte einmal um die eigene Achse und stellte sich dann knurrend und zähnefletschend neben Wolfram.

Thomas' Hand blutete. »Du bist noch einmal davongekommen!«, zischte er und zog mit seinen Begleitern davon.

Wolfram kraulte das Tier hinter den Ohren. »Du bist genau im richtigen Augenblick aufgetaucht!«, murmelte er. »Wo hast du die ganze Zeit über gesteckt?«

Kaspar antwortete mit einem kurzen Bellen.

Inzwischen wurde der Sieger des zweiten Tjosts bekannt gegeben. Ritter Dankwart von der Aue aus dem Gefolge Graf Gernots hatte gegen einen Ritter des Barons gesiegt.

Nach dem achten Tjost stand es unentschieden zwischen den Männern des Grafen und den Wildensteinern.

Eigentlich wäre jetzt Ritter Erich von Wendlingen an der Reihe gewesen, sich mit einem der Ritter von Wildenstein zu messen. Doch irgendetwas schien Ritter Erich von dem Turniergeschehen abzulenken. Er ließ schließlich ausrichten den Kampf absagen zu müssen, weil eine Verletzung aus einer vergangenen Schlacht ihm starke Schmerzen bereitete. Angesichts der Kampfeslust, die Erich bei früheren Turnieren gezeigt hatte, konnten sich vor allem die Männer des Grafen darüber nur wundern.

Nur wenigen fiel auf, dass ein Page und ein Knappe bei den Festlichkeiten fehlten. Wolfram und Ansgar waren weder bei den Wettbewerben im Bogenschießen zu finden, wo sie beide durchaus hätten antreten dürfen, noch war Ansgar mit der Ausrüstung oder dem Pferd seines Herren beschäftigt. Kurz nach dem vierten Tjost hatte sie niemand mehr gesehen.

Nachdem das Turnier weiter fortgeschritten war, fiel manchen allerdings auf, dass Graf Gernot und Baron Norbert nicht mehr unter den Tribünengästen weilten. Dass der Abortreiniger Reinhard sich nicht auf dem Turnierplatz befand, bemerkte wahrscheinlich keiner.

Sie alle hatten sich in der Nähe eines markanten Felsens

eingefunden, der sich nur ein paar Meilen von der Burg entfernt befand.

Ritter Erich wurde, kurz nachdem er seinen Turnierkampf abgesagt hatte, von dem Küchenmädchen Maria angesprochen.

»Ich soll Euch eine Botschaft überbringen, hoher Herr«, sagte sie.

Der Ritter runzelte die Stirn. »Du? Wer bist du denn?«, fragte er. *Wie kam dieses Lumpenmädchen dazu, ihn überhaupt anzusprechen?*

Maria wirkte ruhig und bestimmt. Sie tat genau das, was man ihr aufgetragen hatte. »Das tut nichts zur Sache«, erwiderte sie kühl. »Ein Mann namens Reinhard schickt mich Euch dies zu übergeben.« Sie reichte ihm ein Stück Pergament, auf dem eine Zeichnung zu erkennen war. Sie zeigte sieben Siegel.

»Reinhard meinte, Ihr wüsstet Bescheid!«, fügte das Mädchen noch hinzu.

Zornesröte überlief das Gesicht des Ritters. Erich von Wendlingen ballte die Hände zu Fäusten und zerknüllte wütend das Pergament. »Dieser Hund! Ich suche ihn schon die ganze Zeit! Wo ist er? Sprich schon, Mädchen!«

»Ich soll Euch zu ihm bringen!«

»Steckst du etwa mit diesem Nichtsnutz unter einer Decke?«, zischte er und wollte Maria schon am Gewand packen.

»Es gereicht einem Ritter nicht zur Ehre, wenn er ein Kind angreift!«, erwiderte Maria. »Außerdem erregt Ihr unnötiges Aufsehen, was wohl auch nicht in Eurem Interesse liegt!«

In Erichs Augen funkelte es böse. »Warte einen Moment!«, wies er das Mädchen nach einer kurzen Pause an. Er murmelte noch ein paar unflätige Flüche vor sich hin, von denen Maria das meiste nicht verstand. Aber das war gewiss auch besser so.

Ganz in der Nähe sah Erich einen der Burgmänner des Barons. Sein Name war Gregor. Der Ritter ließ Maria stehen und ging auf ihn zu. Erich sprach so leise mit ihm, dass Maria nichts davon verstehen konnte. »Dieses Mädchen weiß, wo sich der Abortreiniger befindet!«, sagte er. »Es sieht so aus, als wollte Reinhard mehr Geld aus uns herauspressen. Jedenfalls hat er seinen Auftrag nicht ausgeführt, sodass das Buch nicht dort zu finden war, wo man es hätte finden sollen!«

»Zu dumm!«, knurrte Gregor. »Der Graf hätte Baron Norbert vermutlich schon abgesetzt, wenn das Evangeliar wirklich im Turmzimmer gewesen wäre!«

Erich nickte düster. »Stattdessen zeigten sich beide zu Beginn des Turniers sehr einträchtig! Als wollte der Graf damit deutlich machen, dass er Baron Norbert nicht die geringste Mitschuld am Verschwinden des Buchs gibt! Wäre das Buch doch nur im Turmzimmer gefunden worden – möglichst noch von einem unverdächtigen Getreuen des Barons! Dann wären wir ihn jetzt los!«

»Das kann ja noch passieren«, meinte Gregor. »Und Reinhard soll dafür bezahlen, dass er diesen Verrat beging!«

Erich winkte ab. »Ich will mir die Hände an diesem

Lumpen nicht schmutzig machen. Aber du könntest ihn für mich erledigen! Viel hast du bisher noch nicht für mich getan, wenn man einmal bedenkt, dass ich dir versprochen habe, dich zum Wachtmeister oder gar zum Burgkommandanten zu befördern, wenn Wildenstein erst einmal mir gehört!«

»Ich stehe zu Euren Diensten, Herr!«, bekräftigte Gregor. »Im Übrigen stünde mir dieser Posten schon lange zu! Aber Baron Norbert hat nicht mich befördert, sondern andere. Und das obwohl ich schon viel länger bei der Burgwache diene als manch anderer!« Er schluckte und fragte im nächsten Moment: »Wie geht es mit dem Abortreiniger nun weiter?«

»Das Mädchen mit den dunklen Haaren bringt uns zu ihm. Ich nehme an, dass Reinhard Gold von uns erwartet! Aber er wird etwas ganz anderes bekommen, der Lump!«

Gregor hob die Augenbrauen. »Soll ich anschließend beide töten – den Abortreiniger und das Mädchen?«

»Aber erst wenn wir das Evangeliar wieder in unseren Händen halten! Mitwisser können wir nicht gebrauchen!«

Graf Gernot wollte schon aufgeben, aber Baron Norbert konnte seinen Lehnsherrn dazu überreden, doch noch etwas durchzuhalten. Sie warteten am so genannten Hundefelsen auf Ritter Erich. Ansgar und Wolfram starrten gespannt in jene Richtung, aus der Maria Ritter Erich herführen würde. Sie alle hatten sich im Gebüsch verborgen. Auch Kaspar, der seit dem Zusammenstoß mit Thomas auf dem Turnierplatz nicht mehr von Wolframs Seite weichen wollte.

Reinhard war der Einzige, den man weithin sehen konnte. Schließlich diente er als eine Art Lockvogel.

Ansonsten war niemand in die Aktion eingeweiht. Schließlich wussten weder Graf Gernot noch Baron Norbert, wem ihrer Männer sie trauen konnten.

»Der Diebstahl des Evangeliars muss von langer Hand vorbereitet gewesen sein«, überlegte Baron Norbert. »Ich wette, dass Erich von Wendlingen außer dem Abortreiniger noch einen anderen, höher gestellten Vertrauten auf der Burg hatte. Anders wäre die Durchführung dieses Diebstahls gar nicht möglich gewesen.«

»Habt Ihr jemanden in Verdacht?«, erkundigte sich Graf Gernot.

Baron Norbert zuckte die Achseln. »Ich kann nur hoffen, dass sich herausstellt, wer dieser Verräter gewesen ist! Ich würde ihn ungern weiter in meiner Nähe wissen!«

»Das kann ich gut verstehen«, nickte der Graf. »Auch mich hat die Aussicht, einen treulosen Hund unter meinem Gefolge zu haben, halb wahnsinnig gemacht.«

Kaspar knurrte leise, fast so, als hätte er die Worte des Grafen verstanden.

Wolfram kraulte ihm das Fell. »Du warst damit nicht gemeint«, murmelte er.

»Endlich! Sie kommen!«, flüsterte Ansgar.

Drei Reiter näherten sich. Die Gruppe wurde von Maria angeführt, die auf einem Gaul ritt, der Erich von Wendlingen eigentlich als Lasttier diente. Ritter Erich folgte dicht hinterdrein. Bei dem dritten Reiter glaubte Baron Norbert seinen Augen nicht trauen zu können. »Gregor!«, flüsterte er leise. »Einer meiner treuen Burgmänner!« Der Baron fühlte Grimm in sich aufsteigen.

»Offenbar habe nicht nur ich Verräter in den eigenen Reihen«, knurrte Graf Gernot, der ebenso entsetzt darüber war, dass der Ritter, dem er am meisten vertraut hatte, offenbar versuchte, auf unlautere Weise den Baron von seinem Lehen zu vertreiben.

Die Reiter preschten heran und zügelten ihre Pferde. Erich stieg aus dem Sattel, ebenso Gregor. Sie traten auf Reinhard zu. Beide Männer hatten die Hände am Schwertgriff.

Der Abortreiniger wich unwillkürlich einen Schritt zurück.

»Wo ist das Buch mit den sieben Siegeln?«, fauchte Erich.

»Herr, ich hoffe, wir können vernünftig über die Sache reden!«, versuchte Reinhard den Ritter zu beruhigen.

»Was hast du Nichtsnutz damit gemacht? Wozu, meinst du, habe ich dich mehr als fürstlich bezahlt? Dass du mich hintergehst und deinen Auftrag nicht ausführst? Das Buch war nicht an der Stelle, die Gregor dir beschrieben hatte!«

»Das mag sein«, erwiderte Reinhard ausweichend.

»Sag schon, wo ist das Buch?« Erich zog sein Schwert und richtete die Spitze auf den Abortreiniger.

»Wenn ihr mich jetzt erschlagt, werdet Ihr es kaum erfahren«, erwiderte Reinhard.

Erich von Wendlingen verzog grimmig das Gesicht. Er musste einsehen, dass der Aborteiniger Recht hatte.

»Nun rede schon! Was für einen Handel willst du machen?«

»Ihr wisst doch, Diebe werden schwer bestraft«, sagte Reinhard. »Ich dachte mir von Anfang an, dass das Risiko bei dem Plan, den Ihr Euch ausgedacht hattet, ungleich verteilt war. Ich war es schließlich, der ins Kloster gehen und das Evangeliar aus dessen Mauern herausschmuggeln musste. Und falls man mich erwischt hätte, wärt Ihr fein raus gewesen!«

»Was ist dagegen einzuwenden? Einer wie du ist für Drecksarbeit geschaffen! Aber es war wohl ein Fehler, dir zu trauen! Und jetzt frage ich dich zum letzten Mal: Wo ist das Buch?«

»An einem sicheren Ort. Ob Ihr es wiederbekommt, richtet sich danach, wie viel es Euch wert ist, den Baron von Burg Wildenstein zu vertreiben!«

»Du Narr!«, zischte Erich wütend. »Ich habe diesen Plan sehr sorgfältig vorbereitet! Glaubst du, ich lasse ihn mir von dir zunichte machen?«

»Ohne das Buch werdet Ihr Graf Gernot kaum davon überzeugen können, dass Ihr ein besserer Herr auf Burg Wildenstein wärt!«

Gregor meldete sich jetzt zu Wort. »Packen wir ihn!«, schlug er vor. »Wir werden schon aus ihm herauskitzeln, wo sich das Buch befindet!«

Ich habe genug gehört«, beschloss Graf Gernot. Er zog sein Schwert. Baron Norbert tat es ihm nach. Gemeinsam traten sie aus dem Gebüsch. Dort hielt es Wolfram und Ansgar natürlich auch nicht länger. Beide hielten Wurfseile in der Hand, mit denen sie schon seit Jahren häufig trainiert hatten.

»So also wolltet Ihr Euch das Lehen des Barons unter den Nagel reißen!«, dröhnte die Stimmte des Grafen.

»Eine Falle!«, erkannte Erich von Wendlingen nun viel zu spät. Voller Wut wollte er Reinhard das Schwert in den Körper stoßen, aber dieser stolperte davon, um sich aus der Gefahrenzone zu bringen.

Gregor versuchte sich auf sein Pferd zu schwingen, doch Kaspar kam aus dem Gebüsch geschossen und sprang ihn an. Der Burgmann kam zu Fall. Maria gab währenddessen dem Pferd einen Klaps, sodass es davonpreschte. Ansgar schwang sein Wurfseil über dem Kopf. Im nächsten Moment senkte sich die Schlinge über den Oberkörper des Burgmanns. Als er sich aufzurappeln versuchte, brachte Ansgar ihn sofort wieder mit einem Ruck des Seils zu Fall. Doch da war Baron Norbert schon bei ihm. Die Schwertspitze richtete er auf den Hals des Übeltäters. »Ergib dich!«, forderte Norbert.

Erich von Wendlingen erging es nicht besser. Wolframs

Schlinge fesselte ihn. Der Junge zerrte mit aller Kraft und schaffte es gerade noch, den Ritter aus dem Sattel zu ziehen, auf den er sich schon halb geschwungen hatte. Ein Fuß verfing sich im Steigbügel und der Ritter wurde in seiner schweren Rüstung ein Stück über den Boden geschleift, bevor das Tier anhielt. Dabei verlor Erich von Wendlingen sein Schwert. Graf Gernot hatte ihn erreicht, bevor er sich aufrappeln konnte.

»Gebt mir mein Schwert!«, rief Erich. »Tragen wir die Sache in einem Zweikampf aus!«

Aber Graf Gernot dachte gar nicht daran, sich darauf einzulassen. »Ihr seid es nicht wert, dass man mit Euch einen ehrenhaften Zweikampf austrägt!«

Erich atmete tief durch. »Ich habe Euch in vielen Schlachten treu gedient«, presste er schließlich zwischen den Zähnen hervor. »Vergesst das nicht!«

»Keine Sorge, das werde ich Euch nie vergessen, Erich. Aber das, was ihr meinem Gefolgsmann Baron Norbert antun wolltet, werde ich Euch ebenfalls niemals vergessen.«

Erich schluckte. »Nach all den Diensten, die ich Euch erwiesen habe, hätte mir genauso ein Lehen zugestanden wie diesem dahergelaufenen Baron!«, knurrte er. »Es war eine große Ungerechtigkeit von Euch, mich zu übergehen!«

»Die Intrige, mit der Ihr versuchtet Euch Burg Wildenstein anzueignen, beweist mir, dass Ihr völlig ungeeignet dafür seid, eine solche Verantwortung zu tragen!«

»Alles Gewäsch!«, zischte Erich.

Graf Gernots Augen wurden schmal. »Euer Spiel ist aus,

Erich. Ihr seid des Ritterstandes nicht würdig!« Er wandte sich an Wolfram. »Fessle ihn!«, wies der Graf ihn an.

»Ist mir ein Vergnügen!«, erwiderte der Page.

Erich von Wendlingen und der Burgmann Gregor wurden zunächst zur Burg gebracht und in den Kerker geworfen, bis schließlich Gericht über sie gesprochen wurde. Dies geschah durch Graf Gernot selbst.

Das Urteil lautete bei beiden auf Verbannung. Manche fanden das zu milde. Andererseits hob Graf Gernot in seiner Begründung hervor, dass Erich von Wendlingen ihm tatsächlich in vielen Schlachten und Kämpfen treu zur Seite gestanden hatte. Das sollte mit diesem relativ milden Urteil gewürdigt werden. Erich und Gregor durften nie wieder nach Wildenstein zurückkehren und Erich verlor darüber hinaus seine Vorrechte als Ritter.

Der Abortreiniger Reinhard ging wie versprochen straffrei aus, weil der Anstifter der Tat nur durch seine Mithilfe hatte überführt werden können. Es wurde ihm allerdings aufgegeben, für die Dauer eines Jahres täglich das Kloster aufzusuchen und in der dortigen Kapelle für anderthalb Stunden Bußgebete zu sprechen. Außerdem hatte er in Zukunft zusätzlich zu den Aborten der Burg die des Klosters zu reinigen, wobei er für die Reinigung der Klosteraborte keinen Lohn verlangen durfte.

Die Kunde von den Geschehnissen um Erich und Gregor verbreitete sich wie ein Lauffeuer. Es wurde auch bekannt, dass Wolfram, Ansgar und Maria bei der Ergreifung der wahren Schuldigen eine entscheidende Rolle gespielt hatten. Nicht zu vergessen Kaspar, dem nun vom Burgherrn persönlich zugestanden wurde, dass er sich auf Lebenszeit von Küchenabfällen ernähren durfte.

»Auf jeden Fall wird die Burgherrin es schwer haben, jetzt noch Argumente zu finden, die dagegen sprechen, dass wir uns treffen«, sagte Wolfram später zu Maria.

Sie hatten sich im Turmzimmer getroffen, da es zum einen in diesem Fall eine so wichtige Rolle gespielt hatte und zum anderen in Friedenszeiten so gut wie nie benutzt wurde. Hier waren sie ungestört.

Nachdem Graf Gernot und sein Gefolge Burg Wildenstein verlassen hatten, bewohnte Burgherrin Margarete auch wieder die Kemenate, sodass Wolfram und Maria nicht mehr an ihrer Tür vorbeimussten, um hinauf ins Turmzimmer zu gelangen.

»Es wird wohl noch lange dauern, bis es nicht mehr wichtig ist, welchem Stand man angehört. Ob man nun Adeliger oder irgendein einfacher Untertan ist«, seufzte das Mädchen.

»Schon der Unterschied zwischen Knappe und Page wird von manchen als sehr wesentlich angesehen!«, lachte Wolfram.

Maria sah ihn fragend an. »Was meinst du damit?«

»Ansgar hat gesagt, er hätte keine Lust mehr, mit mir den

Faustkampf zu üben. Stattdessen ist er mit den anderen Knappen in den Wald gegangen.«

»Und was machen die da?«

»Keine Ahnung. Das hat er mir nicht verraten!«

Die Turmuhr der Burgkapelle schlug.

»Ich muss wieder in die Küche«, sagte Maria.

»Und ich bin mit Pater Ambrosius verabredet. Er hat versprochen mir Lesen und Schreiben beizubringen.«

Den Pater hatte man sofort freigelassen, nachdem die wahren Schuldigen gefasst worden waren. Abt Darenius hatte sich bereits bei ihm entschuldigt.

»Wolfram?«, fragte Maria noch, bevor sie sich zum Gehen wandte.

»Ja?«

»Wenn Ambrosius dir das Lesen und Schreiben beigebracht hat – bringst *du* es dann *mir* bei?«